初心便是正觉

韩子勇 / 主编

文化艺术出版社
Culture and Art Publishing House

图书在版编目（CIP）数据

初心便是正觉 / 韩子勇主编. — 北京：文化艺术出版社, 2022.6
ISBN 978-7-5039-7263-8

Ⅰ.①初… Ⅱ.①韩… Ⅲ.①文艺评论—中国—当代—文集 Ⅳ.①I206.7-53

中国版本图书馆CIP数据核字(2022)第099790号

初心便是正觉

主　　编	韩子勇
责任编辑	董良敏
责任校对	董　斌
书籍设计	李　响　赵　矗
出版发行	文化藝術出版社
地　　址	北京市东城区东四八条52号　（100700）
网　　址	www.caaph.com
电子邮箱	s@caaph.com
电　　话	（010）84057666（总编室）　　84057667（办公室）
	84057696—84057699（发行部）
传　　真	（010）84057660（总编室）　　84057670（办公室）
	84057690（发行部）
经　　销	新华书店
印　　刷	国英印务有限公司
版　　次	2022年11月第1版
印　　次	2022年11月第1次印刷
开　　本	710毫米×1000毫米　1/16
印　　张	16
字　　数	156千字
书　　号	ISBN 978-7-5039-7263-8
定　　价	86.00元

版权所有，侵权必究。如有印装错误，随时调换。

序

在世界诸族群中，中华民族是重文的民族。文治武功，更崇文。"河出图，洛出书，圣人则之。""修身，齐家，治国，平天下"，是社会精英群体千年不变的理想和抱负，被奉为一脉相承的道统，成为文化中一以贯之的特色和基因。因此中华民族特别重视文章之学，"盖文章，经国之大业，不朽之盛事"（曹丕《典论·论文》）。我们有悠久的文章传统，其最核心的要义是什么？我体会，就是文以载道、经世致用，"文章合为时而著"，不尚空谈、虚文。现在的知识生产机制和评价体系，更倾向于论文腔调的格式，有一套严格的规范。按这个规范去套用，许多传诵至今的经典名篇都会"落马"，可能过不了课题结项、C刊初审、论文答辩。

2018年7月底，我从国家艺术基金管理中心，调到中国艺术研究院工作。从2019年起，立足新时代和我院业务，与院里的专家一道，在"不忘初心、牢记使命"主题教育中，撰写了《共产党人的"初心"与文艺工作的使命》；在学习习近平同志《在哲学社会科学工作座谈会上的讲话》的过程中，撰写了《关于中国艺术学"三大体系"建设的若干问题》；在庆祝中国共产党百年华诞的日子里，组织撰写《百年党史与革命文艺》；在毛泽东同志《在延安文艺座谈会上的讲话》发表 80 周年、习近平同志《在文艺工作座谈会上的讲话》发表 8 周年之际，撰写了《赓续"讲话"文脉 开启文艺新征程》。同时，为了响应"文化润疆"的号召，和巫新华同志合作撰写了《昆仑、天山与天命的文化一致性》；感于百年变局中思想领域的复杂斗争，和高佳彬同志合作撰写了《"意识形态"概念流变考梳》；为应运而生的国家文化公园建设，撰写了《黄河：一部中华民族的伟大史诗》。这些文章有两个共同特点：一是深深根植在时代生活里；二是力图恢复文章传统。

中华文化是有初心的文化，中华民族是有初心的民族。历史的江河万古奔流，今天，中华文化的初心、中华民族的初心，汇聚在共产党人的心海里，汇聚在全面建设中国特色社会主义现代化的征程中。我们会握牢手中的笔，做中国人、想中国事、写中国文。

韩子勇
2022 年 7 月 18 日

目录

001 共产党人的"初心"与文艺工作的使命
韩子勇、祝东力、鲁太光、崔柯、申坤、陈越、孙伟科

055 关于中国艺术学"三大体系"建设的若干问题
韩子勇、祝东力、李修建、孙晓霞、鲁太光

095 黄河：一部中华民族的伟大史诗
韩子勇

121 "意识形态"概念流变考梳
韩子勇、高佳彬

139　昆仑、天山与天命的文化一致性

　　巫新华、韩子勇

165　百年党史与革命文艺

　　崔柯、秦兰珺、李静、鲁太光

211　赓续"讲话"文脉　开启文艺新征程

　　韩子勇、鲁太光

共产党人的"初心"与文艺工作的使命

韩子勇、祝东力、鲁太光

崔柯、申坤、陈越、孙伟科

2016年7月1日，在庆祝中国共产党成立95周年大会上，习近平总书记发表讲话，首提"初心"，并就"不忘初心、继续前进"提出八个方面的要求，提醒全党，"坚持不忘初心、继续前进，就要牢记我们党从成立起就把为共产主义、社会主义而奋斗确定为自己的纲领"[①]。在党的十九大报告中，习近平总书记更是明确提出，"中国共产党人的初心和使命，就是为中国人民谋幸福，为中华民族谋复兴"，并强调"这个初心和使命是激励中国共产党人不断前进的根本动力"。[②] 党的十九大之后，习近平总书记又就"初心"发表了系列重要论述。2019年5月13日，

---

① 习近平：《在庆祝中国共产党成立95周年大会上的讲话》，《人民日报》2016年7月2日。

② 习近平：《决胜全面建成小康社会　夺取新时代中国特色社会主义伟大胜利——在中国共产党第十九次全国代表大会上的报告》，《人民日报》2017年10月28日。

中共中央政治局召开会议，决定从 6 月开始，在全党自上而下分两批开展"不忘初心、牢记使命"主题教育。习近平总书记关于"初心"的系列重要论述，内涵丰富、意义重大。

一、经典马克思主义理论与"初心"

习近平总书记在纪念马克思诞辰 200 周年大会上的讲话中指出："马克思主义博大精深，归根到底就是一句话，为人类求解放。"[①] 习近平总书记的这句话，概括了马克思主义的精髓，不仅是打开马克思主义学说、政纲的一把钥匙，也是理解马克思主义创始人"初心"的关键词。因此，我们先从人生理想的角度谈谈马克思、恩格斯的"初心"，然后从马克思主义学说和无产阶级政纲的角度分析"初心"及其意义。

（一）作为马克思、恩格斯人生理想的"初心"

不忘"初心"，方得始终。"为人类求解放"就是马克思主义创始人马克思、恩格斯从青年时代就立下的"初心"，而且一经确

---

① 习近平：《在纪念马克思诞辰200周年大会上的讲话》，《人民日报》2018年5月5日。

立,这一"初心"就贯穿其人生始终,贯穿其事业、生活的方方面面。早在中学时期,马克思就立下了"为人类而工作"的志向。在中学毕业考试作文《青年在选择职业时的考虑》中,他在对个人和社会的关系进行了全面深刻的分析后指出,选择职业的标准和原则不是个人的成功,而是"人类的幸福和我们自身的完美"。为此,他写了下面这段话:"如果我们选择了最能为人类福利而劳动的职业,那么,重担就不能把我们压倒,因为这是为大家而献身;那时我们所感到的就不是可怜的、有限的、自私的乐趣,我们的幸福将属于千百万人,我们的事业将默默地、但是永恒发挥作用地存在下去,而面对我们的骨灰,高尚的人们将洒下热泪。"[1]请记住,写下这段话时,马克思只有17岁。在那时,他就开始了对"真正人类本质的理想生活"的探索,开始思考幸福的真正含义,开始确立"为人类福利而劳动"的人生目标。可以说,在那时,"为人类求解放"的"初心"就已经在他心中生根发芽。

为了践行这一"初心",马克思放弃了富足安逸的个人生活,放弃了个人事业的成功。马克思出生于中产阶级家庭,自幼受到良好的教育。青年马克思才华出众,23岁获得博士学位并受到同时

---

[1] 马克思:《青年在选择职业时的考虑》,载《马克思恩格斯全集》第四十卷,人民出版社1982年版,第7页。文中所引《青年在选择职业时的考虑》均出于此。

代人的高度赞誉。"青年黑格尔派"的代表人物莫泽斯·赫斯在写给朋友的一封信中对马克思不吝赞美之词，说马克思是"一位伟大的、也许是唯一现在还活着的真正的哲学家"，认为他把"最机敏的才智与最深刻的哲学严肃性结合起来"了，称赞他把"卢梭、伏尔泰、霍尔巴赫、莱辛、海涅和黑格尔在一个人身上结合起来了"。[1]可以设想，凭借良好的教育以及出众的才学，马克思想获得个人成功并不是一件困难的事。但马克思选择的不是个人成功，而是"为人类解放不懈奋斗"[2]的人生道路，他选择站在作为人口大多数的劳苦大众一边。大学毕业以后，马克思为进步报纸《莱茵报》做撰稿和编辑工作，并创办了《德法年鉴》杂志，以笔为旗。迫于普鲁士政府的压力，马克思全家被迫流亡布鲁塞尔。1848年欧洲革命失败后，部分革命者选择了先找一份稳定的工作养活自己和家庭，然后再考虑革命事业的生存方式。在这一过程中，很多人放弃了革命事业。马克思在夫人燕妮的支持下，决定放弃谋取工作职位，专心从事科学研究和政治活动，直到生命的最后一刻。在给朋友的信中，马克思这样写道："我必须不惜任何代价走向自己的目标，不

---

[1] 莫泽斯·赫斯：《一位真正的哲学家》，载中共中央马克思恩格斯列宁斯大林著作编译局编译《人间的普罗米修斯——回忆马克思恩格斯》（Ⅲ），人民出版社1983年版，第41页。
[2] 习近平：《在纪念马克思诞辰200周年大会上的讲话》，《人民日报》2018年5月5日。

允许资产阶级社会把我变成制造金钱的机器。"① 可以说，马克思坚守了自己的"初心"。

终其一生，马克思没有稳定的工作和收入，颠沛流离，贫病交加。1852年，马克思在伦敦生活时，监视马克思的普鲁士密探在给上级的报告中写到，马克思全家住在伦敦最破败，房租最低廉的一个街区的两间房屋中，家里没有一件干净、结实的家具，每样东西都是破旧的，"老式笨重的饭桌上铺着一张油布，上面堆着他的手稿、书本、报纸，以及孩子们的玩具、妻子做针线用的碎布头、几只缺了口的茶杯、刀叉、灯、一个墨水瓶、几个平底玻璃杯、几管荷兰式的黏土烟斗、烟灰等"。在密探看来，"即便是旧货商要出手这样一批不同凡响的零碎，也会感到羞愧难当"。② 就是在这种窘迫中，马克思写出了一系列对人类社会影响巨大的伟大著作，他洞察经济规律，对商品和货币流通的研究超过了一切资产阶级经济学家，却从未利用自己的研究赚钱，马克思也诙谐地称自己是在

---

① 袁雷、张云飞:《马克思传——人间的普罗米修斯》，中国人民大学出版社2018年版，第167页。
② 转引自彼得·斯特利布拉斯《马克思的外套》，萧莎译，载罗钢、王中忱主编《消费文化读本》，中国社会科学出版社2003年版，第116页。

"缺货币的情况下来写关于'货币'的文章"[1]。而且，个人经济稍有宽裕，马克思便倾其所有资助贫穷的朋友、同道以及工人运动。1848年，他继承了父亲的一笔遗产，刚刚摆脱了贫困的生活。在得知布鲁塞尔的工人运动急需资金后，他立刻从遗产中拿出几千法郎予以支持。[2]

马克思的战友恩格斯也是如此。恩格斯出身贵族家庭，父亲是一位工厂主，希望他经商。但19世纪40年代，恩格斯在自己父亲入股的英国曼彻斯特的棉纺厂工作时，却积极和工人交往，参加工人的集会和斗争。同时，他在曼彻斯特的切塔姆图书馆阅读黑格尔、费尔巴哈、欧文、傅立叶、亚当·斯密以及李嘉图等人的著作。在此基础上，恩格斯写成了《英国工人阶级状况》一书，这份详细的调查研究报告，描述了英国无产阶级恶劣的生活状况和劳动条件，论证了无产阶级解放的方法和路径。作为工厂主的长子，他放弃了家业，终其一生探求建立这样的理想社会："使社会的每一个成员

---

[1] 《马克思致恩格斯（1859年1月21日）》，载《马克思恩格斯全集》第二十九卷，人民出版社1972年版，第371页。
[2] 参见袁雷、张云飞《马克思传——人间的普罗米修斯》，中国人民大学出版社2018年版，第134页。

都能完全自由地发展和发挥他的全部才能和力量。"①

这就是马克思和恩格斯的"初心"。

"不忘初心"是我们党在新时代为加强党的建设而提出的一个重要命题,但这个命题绝不是抽象的,它需要植根于每一位党员的人生选择和行动之中。马克思、恩格斯这两位共产主义创始人的"初心"再次提醒我们这点。

(二)作为马克思主义理论的"初心"

从个人理想的角度立志谋求人类的解放,是马克思、恩格斯的"初心",他们由此出发,毕生探索,创立了谋求人类解放的科学理论——马克思主义,这是一套关于人类社会历史的系统解释和推翻资产阶级私有制的实施方案,影响了整个世界。

概括地看,唯物史观、剩余价值学说和科学社会主义,是马克思主义理论的三个重要方面。②先看唯物史观。恩格斯把唯物史观

---

① 恩格斯:《共产主义信条草案》,载马克思、恩格斯《共产党宣言》,人民出版社2018年版,第69页。
② 对马克思主义三个部分的划分以及下文的相应论述,参见贾建芳《论整体性的马克思主义》,《马克思主义研究》2015年第3期。

称为"关于现实的人及其历史发展的科学"[1]。与以往的一切哲学思想只是抽象地谈论"人的本质"的做法不同,马克思、恩格斯以"从事实际活动的人"[2]为出发点,指出人的本质是"一切社会关系的总和"[3]。这就使马克思主义和以往及同时代的其他哲学思想划清了界限。马克思、恩格斯把当时的唯心主义哲学家鲍威尔兄弟及其信徒讽刺性地称为"神圣家族",就是因为他们鼓吹一种"超越一切现实、超越政党和政治"的哲学,"否认一切实践活动,而只是'批判地'静观周围世界和其中所发生的事情"。[4] 马克思和恩格斯创建的唯物史观,坚持从人的现实活动出发看待一切问题,认为"当人们还不能使自己的吃喝住穿在质和量方面得到充分保证的时候,人们就根本不能获得解放。'解放'是一种历史活动,不是思想活动,'解放'是由历史的关系,是由工业状况、商业状况、农业状况、

---

[1] 恩格斯:《路德维希·费尔巴哈和德国古典哲学的终结》,人民出版社2018年版,第36页。

[2] 马克思、恩格斯:《德意志意识形态》,载《马克思恩格斯文集》第一卷,人民出版社2009年版,第525页。

[3] 马克思:《关于费尔巴哈的提纲》,载《马克思恩格斯全集》第三卷,人民出版社1960年版,第5页。

[4] 列宁:《弗里德里希·恩格斯》,载《列宁全集》第二卷,人民出版社1984年版,第7—8页。

交往状况促成的"[1]。他们进而指出，历史活动的主体是人民群众，人民群众是实现人类解放的决定性力量。

由唯物史观再推进一步，就是关于资本主义社会秘密的学说——剩余价值论。马克思运用唯物史观研究资本主义社会经济关系，他从资本主义社会中最普通、最常见的关系——商品交换出发，对资本主义条件下商品、劳动的价值和属性做了深刻的研究，创立了剩余价值学说。第一，这个学说揭露了资本剥削劳动的秘密和资本统治社会的实质。马克思指出，资产阶级发财致富的秘密在于无偿占有无产阶级创造的剩余价值，资本是能够带来剩余价值的价值；而且，作为人类经济活动的创造物，资本却最终控制了社会，而资产阶级国家不过是资本实现自身的工具。第二，剩余价值学说揭示了资本主义社会人与人之间关系的物化。资本本质上不是一种物，不是物质的和生产资料的总和，"而是一种以物为媒介的人和人之间的社会关系"[2]。以资本增值为目的的社会生产和交换体系严重扭曲了人与社会，把一切都变成了物。资本不仅把工人变成了物——能创造价值的机器，而且把资本家也变成了物——人格化的

---

[1] 马克思、恩格斯：《德意志意识形态》，载《马克思恩格斯文集》第一卷，人民出版社2009年版，第527页。

[2] 马克思：《资本论》，载《马克思恩格斯全集》第二十三卷，人民出版社1972年版，第834页。

资本。第三，剩余价值学说揭示了人的异化的经济根源。马克思分析了资本主义经济领域的异化现象，即异化劳动，劳动者同自己的劳动产品、自己的生命活动、自己的类本质相异化，结果是人与人的关系也发生了异化。资本主义社会中所有的人都被资本所奴役："精神空虚的资产者为他自己的资本和利润欲所奴役；律师为他的僵化的法律观念所奴役。"[①]而造成资本统治社会和人的异化的经济根源就是资产阶级私有制。因此，消灭资产阶级私有制是让人摆脱压迫、剥削、异化，实现人的解放的根本条件。第四，剩余价值学说揭示了资本主义必然要消亡的历史规律。资本家获得了大量剩余价值，他们将其中一部分用于扩大再生产，使生产规模不断扩大。在这一过程中，一方面不断创造出越来越多地被资本家无偿占有的物质财富，另一方面不断生产出除了劳动力之外一无所有的无产阶级。这样，生产无限扩大和消费相对不足的矛盾加剧——这是生产社会化和生产资料私有制这一资本主义社会基本矛盾的反映，矛盾达到一定程度，"生产资料的集中和劳动的社会化，达到了同它们的资本主义外壳不能相容的地步。这个外壳就要炸毁了。资本主义

---

① 恩格斯：《反杜林论》，载《马克思恩格斯全集》第二十卷，人民出版社1971年版，第317页。

私有制的丧钟就要敲响了。剥夺者就要被剥夺了"[①]。

正是在剩余价值学说的基础上,马克思、恩格斯提出了无产阶级和人类解放的学说——科学社会主义。科学社会主义的出发点和落脚点是无产阶级的解放,这是马克思主义的鲜明立场和阶级属性。但马克思和恩格斯同时认为,无产阶级不仅承担着解放自身的使命,而且承担着解放全人类的使命;被压迫阶级必须消除一切奴役,无产阶级只有解放全人类才能最后解放自己。可见,科学社会主义是整个马克思主义理论体系的结论部分和核心。

唯物史观、剩余价值学说、科学社会主义,三者紧密联系在一起,构成一个完整的体系,为解放全人类的"初心"提供了理论依据。

(三)作为共产党人政纲的"初心"

马克思、恩格斯不只是伟大的思想家,也是身体力行的实践者。马克思、恩格斯指导建立了第一个用科学社会主义理论武装的无产阶级政党——"共产主义者同盟",创作了国际共产主义运动第一个纲领性文件《共产党宣言》。"共产主义者同盟"的前身是"正

[①] 袁雷、张云飞:《马克思传——人间的普罗米修斯》,中国人民大学出版社2018年版,第216页。

义者同盟",这是1836年成立的德国第一个无产者的政治组织,"正义者同盟"请求马克思、恩格斯加入并帮助改组同盟。在马克思和恩格斯的帮助下,"正义者同盟"从一个空想社会主义的秘密组织,转变为一个具有科学社会主义理论指导的国际性的无产阶级政党组织,其口号也从原来模糊的"人人皆兄弟"改为:"全世界无产者,联合起来!"旗帜鲜明地宣告了组织的性质和任务。1848年,马克思、恩格斯为"共产主义者同盟"起草的政纲《共产党宣言》,第一,全面描绘了资本主义产生和发展的历史进程,科学评价了资产阶级的历史地位,指出了资本主义自身无法消除的内在矛盾,得出了"资产阶级的灭亡和无产阶级的胜利是同样不可避免的"[①]这一结论;第二,阐述了无产阶级作为资本主义掘墓人所肩负的历史使命,论述了未来共产主义社会的基本特征和根本要求;第三,全面论述了共产党的性质、特点、纲领和策略,奠定了马克思主义建党学说的基础;第四,批评了当时流行的形形色色的所谓社会主义流派,划清了科学社会主义与这些流派的界限。更重要的是,《共产党宣言》对共产党人的"初心"和"使命"有着明确的表述。它指出,共产党人没有自己特殊的利益,代表的是整个无产阶级的利益:"一方面,在无产者同不同的民族的斗争中,共产党人强调和

[①] 马克思、恩格斯:《共产党宣言》,人民出版社2018年版,第40页。

坚持整个无产阶级共同的不分民族的利益；另一方面，在无产阶级和资产阶级的斗争所经历的各个发展阶段上，共产党人始终代表整个运动的利益。"①《共产党宣言》旗帜鲜明地指出，共产党人的使命是"消灭私有制"②，实现"每个人的自由发展"和"一切人的自由发展"这一共产主义社会的理想。③

马克思和恩格斯一生都在积极参加、支持工人运动，他们参加并指导德国、英国、法国、美国、波兰等国的革命实践，促进各国无产阶级团结起来，建立"国际工人协会"（"第一国际"）。协会成立后，马克思和恩格斯在理论指导、斗争策略以及协会的章程、宣言、决议等文件的撰写方面，都全身心投入，做了很多具体工作，可谓呕心沥血。马克思在1865年3月13日致恩格斯的信中，描述了自己过去一周的工作日程，从中可以看到他紧张忙碌的工作状态。一方面，马克思对于写作时间被协会的具体工作占用不无惋惜，"时间的损失多么巨大"；另一方面又义无反顾："有什么办法呢？既然走了第一步，就得走第二步呀！"④ 马克思和恩格斯不仅是伟大

---

① 马克思、恩格斯：《共产党宣言》，人民出版社2018年版，第41页。
② 马克思、恩格斯：《共产党宣言》，人民出版社2018年版，第42页。
③ 马克思、恩格斯：《共产党宣言》，人民出版社2018年版，第51页。
④ 《马克思致恩格斯（1865年3月13日）》，载《马克思恩格斯全集》第三十一卷，人民出版社1972年版，第102页。

的思想家，也是伟大的革命家和革命导师。他们一生坚持"为人类求解放"的"初心"，并身体力行，践行了这一"初心"，使他们创立的科学理论和伟大事业不断发展，成为不可阻挡的历史洪流。我们今天"不忘初心、牢记使命"，首先就是不要忘记他们的"初心"。

二、中国共产党人与"初心"

马克思、恩格斯的"初心"就是中国共产党人的"初心"。任何一项伟大的事业都一定会有一种内在的理想、信念、价值，或者说会确立一种"初心"作为内在的强大推动力。在中国共产党漫长的革命、建设、改革和发展的过程中，中国共产党人不断丰富、发展着马克思主义，也不断坚定、升华着自己的"初心"。这在党的历史及文献中有明确的记录。

（一）毛泽东与中国共产党人的"初心"

在这方面，作为我们党的第一代领导核心，毛泽东在早期共产党人中间堪称表率。在重点关注毛泽东之前，我们先来回顾早期中国共产党人这方面的情况。中共一大召开时，全国各地党员共58人。

他们的出身、学历和职业特别值得注意：他们绝大多数是知识分子，其中，留日的有18人，北大毕业生17人，其他大学的有8人，中师、中学毕业的有13人，只有郑凯卿和赵子俊文化程度不高。从职业来看，担任教师（教授）的有17人，学生有24人，报人（记者）、律师、职员等自由职业者有10人，弃官不做的有3人，工人有4人，分别是上海小组的杨明斋、李中和武汉小组的郑凯卿、赵子俊。但杨明斋受过良好的私塾教育，还在苏俄东方大学学习过，懂俄语。李中毕业于长沙第一师范，也是读书人。只有郑凯卿和赵子俊是工人出身，识字不多。[1] 这些人中不少都出身富有或殷实之家，有的还很不一般。比如，即使现在看来也是一幢"豪宅"的中共一大会址，就是中共一大代表李汉俊和他哥哥在当时的住宅。[2] 这样一批人在当时是生活比较优裕的少数人，他们组建中国共产党，当然不是为升官发财，但是，也不同于因为自身被剥削压迫而产生的那种自发的、本能式的反抗，而是一种非常自觉的对理想、信念、价值的主动选择。可以说，是一种人格的升华。这些人在内忧外患的环境中，在上下求索的过程中，"为生民立命"的传统伦理，"人生而平等"的现代观念，不断激发着他们的责任感和使命感。更重要

---

[1] 参见中共嘉兴市委宣传部、嘉兴市社会科学界联合会、嘉兴学院红船精神研究中心《中国共产党早期组织及其成员研究》，中共党史出版社2013年版，第8页。
[2] 参见张太原《毛泽东的初心之路》，《党的文献》2018年第3期。

的是，他们找到了马克思列宁主义的方法，使他们的责任感和使命感有了具体的实践形式。

毛泽东就是这样。1921年前，他的家庭比较富裕，对此，他和二弟毛泽民都有过说明。1936年在陕北保安时，毛泽东对美国记者斯诺说："我父亲原是一个贫农"，主要靠种田吃饭，由于克勤克俭，变成了"中农"，后来就用大部分时间做谷米生意，"从贫苦农民那里把谷子买下来，然后运到城里卖给商人，在那里得到个高一些的价钱"，逐渐"成了'富农'"。[1]1939年12月28日，在苏联莫斯科养病的毛泽民，应共产国际干部部的要求，代毛泽东填写了一份长达几页的履历表。从其中的"家庭出身"和"父母"栏可以看出其家庭情况，"父亲是一个贫农，由于拼命节省，靠做小生意赚了一点钱，赎回了他的地田"；原有15亩田，1915年又买进"叔父7亩，但仍负债"，"每年自己耕种收获84石谷。1928年（应为1929年）全部被国民党没收充公"；父亲"三十岁以前，专为耕种；三十岁后，耕种兼农村贩卖商业。按中国苏维埃阶级分析，最后三年（指1917—1919年）是富农"。[2] 不管怎样，

---

[1] 埃德加·斯诺：《西行漫记》，董乐山译，生活·读书·新知三联书店1979年版，第105—106页。
[2] 转引自高菊村等《关于土地改革时毛泽东家庭成分划分问题的历史考证》，《党的文献》2013年第6期。

以当时的标准看，毛泽东的家境都可以算是殷实或小康之家。1921年春，毛泽东回韶山动员毛泽民及其家人离开家庭，参加革命。当时，毛泽东考虑到，父母都已去世，要做到让当家人毛泽民能离家干革命，就必须破釜沉舟，彻底放弃家产。毛泽东对毛泽民等亲人说，家里的田地、山林和房屋，都分给贫苦农民；欠了人家的账都一次性了结，现金不够，卖掉猪牛还清；人家欠了自家的宣布废除，欠条字据，当面烧毁。这就叫"毁家纾难"[1]。

毛泽东青年时期就曾研究各种社会思潮、各种理论和主义，寻找济世救民的方法。他曾详细列出当时中国社会需要解决的71项144个问题寄给各地朋友，以期共同研究、寻找答案。这些问题大到"中央地方集权分权""教育普及""东西方文明会合"等，小到"不搞惩罚式教育""私生儿待遇""男女同校"等。[2] 1921年元旦，新民学会长沙会员召开大会，毛泽东在发言中一口气列出了世界上"解决社会问题"的五种方法：社会政策派、第二国际的社会民主主义、列宁激烈方法的共产主义、罗素温和方法的共产主义和无政府主义。经过反复比较和分析利弊，毛泽东明确指出，"激

---

[1] 高菊村等：《关于土地改革时毛泽东家庭成分划分问题的历史考证》，《党的文献》2013年第6期。

[2] 转引自陈晋《毛泽东与中国共产党的初心和使命》，《毛泽东研究》2019年第1期。

烈方法的共产主义","是可以预计效果的,故最宜采用"。[1]20天后,毛泽东在给好友蔡和森的信中再次表示,"唯物史观是吾党哲学的根据"[2]。因为当时的中国由列强和军阀联合统治,要改造社会,就必须采取激烈的革命方式。这是方法,而唯物史观则是分析社会关系和社会结构的原理,两者相加,就是半殖民地半封建社会的马克思主义。毛泽东的这一信念一旦形成,就一直坚守下来。1936年,毛泽东在陕北对斯诺说:"我一旦接受了马克思主义是对历史的正确解释以后,我对马克思主义的信仰就没有动摇过。"[3]

中国近代以来内忧外患,其实质就是:在晚清时期,中国古典文明已走向衰落,清朝按照古代王朝的运行周期也已盛极而衰,走到了动乱的前夜;恰好在这个中华文明最衰弱的时候,西方列强经过工业革命的洗礼,实现了产业升级,携坚船利炮远航而来。人们常常说,历史选择了中国共产党。这应该怎么理解?我们可以这样说:从1840年到1921年,历史给了传统士绅阶级八十年时间,但这个阶级屡战屡败,无法承担中华民族救亡图存的历史使命。只有中国共产党,完成了1840年以来几代中国人的梦想:民族独立、

---

[1] 转引自陈晋《毛泽东与中国共产党的初心和使命》,《毛泽东研究》2019年第1期。
[2] 转引自陈晋《毛泽东与中国共产党的初心和使命》,《毛泽东研究》2019年第1期。
[3] 埃德加·斯诺:《西行漫记》,董乐山译,生活·读书·新知三联书店1979年版,第131页。

国家富强、人民幸福。可以说，中国共产党人是中华古典文明和近代忧患共同锻造的一代人，中共一大、二大形成的纲领，是中国共产党"初心"和"使命"的完整表达，即反帝反封建：第一，消除内乱，打倒军阀，建设国内和平；第二，推翻国际帝国主义的压迫，达到中华民族完全独立。"初心"和"使命"之所以一直保持下来，是因为它们并非来源于坐而论道的书斋，而是形成于近代以来民族、社会大危机的旋涡之中。这种民族、社会大危机对于当时的许多人来说，都是感同身受的。1932年，中国知识界曾经发起过一场关于"梦想中的未来中国是怎样"和"个人生活中有什么梦想"的讨论。邹韬奋期望未来中国"是个共劳共享的平等社会"，朱自清相信"未来的中国是大众的中国"，柳亚子认为未来中国是"社会主义大同世界"，叶圣陶的未来中国是"人人有饭吃，个个有工做"。[1]所以，中国共产党人的"初心"不是孤立的，而是综合、汇聚了那个时代中国人的共同期盼。

1949年3月，中国共产党在西柏坡召开七届二中全会，面对即将取得的全国性胜利，毛泽东用著名的"两个务必"来告诫全党："夺取全国胜利，这只是万里长征走完了第一步。如果这一步也值得骄傲，那是比较渺小的，更值得骄傲的还在后头。在过了几十年

---

[1] 转引自陈晋《毛泽东与中国共产党的初心和使命》，《毛泽东研究》2019年第1期。

之后来看中国人民民主革命的胜利,就会使人们感觉那好像只是一出长剧的一个短小的序幕。剧是必须从序幕开始的,但序幕还不是高潮。中国的革命是伟大的,但革命以后的路程更长,工作更伟大,更艰苦。这一点现在就必须向党内讲明白,务必使同志们继续地保持谦虚、谨慎、不骄、不躁的作风,务必使同志们继续地保持艰苦奋斗的作风。"[1] 这段话是对长期武装斗争时代的简短总结,也是对即将到来的大规模社会主义建设时代的预期,是在两个时代转折的时候,对共产党人"初心"的郑重提示。

毛泽东可以说是"不忘初心"的典范,1949年以后,他多次对身边工作人员说:"我没有私心,我想到中国的老百姓受苦受难,他们是想走社会主义道路的。所以我依靠群众,不能再让他们走回头路。"他还说:"建立新中国死了多少人?有谁认真想过?我是想过这个问题的。"[2] 正是由于毕生坚守"初心",所以,尽管毛泽东在晚年曾经出现一些失误,尽管他已逝去四十多年,但在广大党员和群众中仍然享有很高的威望,这不是偶然的。

---

[1] 毛泽东:《在中国共产党第七届中央委员会第二次全体会议上的报告》,载《毛泽东选集》第四卷,人民出版社1991年版,第1438—1439页。
[2] 逄先知、金冲及主编:《毛泽东传(1949—1976)》(下),中央文献出版社2003年版,第1390页。

（二）改革开放与中国共产党人的"初心"

作为中国共产党第二代领导集体的核心和改革开放的总设计师，邓小平也在党和国家的历史上，写下了自己的"初心"。他一生历经曲折，却初衷不改。少年时代，就萌发了拯救中华的自觉，远赴欧洲勤工俭学，立志"工业救国"；18岁时加入旅欧中国少年共产党，寻找救国救民的真理，开始了职业革命家的生涯。从举手宣誓入党的那一刻起，邓小平就将自己的人生同中华民族独立和振兴的历史进程紧密相连，牢固树立起一名共产党人的"初心"和"使命"，矢志不渝，奋斗七十年。

1926年1月，邓小平进入莫斯科东方大学学习时曾立下誓言："我来莫的时候，便已打定主意，更坚决地把我的身子交给我们党，交给本阶级。"[1]归国后，全身心投入党的事业中。他历经曲折，三落三起，却愈挫愈奋，被外媒称为"东方打不倒的小个子"。我们重点关注他的最后一个阶段。1977年7月，73岁的邓小平经历第三次被打倒、再度复出工作时，仍然"初心"不改。他说："出来工作，可以有两种态度，一个是做官，一个是做点工作。我想，

---

[1] 邓小平：《来俄的志愿》（《大型电视文献纪录片〈邓小平〉中披露的文献选载》，《党的文献》1997年第1期）。

谁叫你当共产党人呢,既然当了,就不能够做官,不能够有私心杂念,不能够有别的选择。"[①] 1981年2月,他在接受外媒采访时动情地说:"我是中国人民的儿子,我深情地爱着我的祖国和人民。"[②] 正是本着这样的"初心"与"使命",邓小平以其非凡的政治智慧和顽强的革命意志带领中国走上改革开放之路,开启建设中国特色社会主义的道路。一方面是改革开放,一方面是"四个坚持",在改革、发展、稳定三者之间实现了动态的平衡。正是这条道路,引导中国实现了跨越式的发展,成就了当代世界史上引人瞩目的中国奇迹。

在改革开放新时期,以邓小平为主要代表的中国共产党人,在对"什么是社会主义、怎样建设社会主义"这一基本理论问题的探索中,高度重视人民的主体地位和作用,坚守为了人民、依靠人民的"初心"。在中国这样一个有着两千多年封建传统、生产力水平低下,且幅员辽阔、人口众多、发展极不平衡的国家建设社会主义,可谓前无古人,以毛泽东为核心的第一代中央领导集体在领导人民取得中国革命胜利后,继续砥砺前行,建设社会主义,取得了巨大

---

① 1977年7月21日,邓小平在中共十届三中全会上的讲话(中共中央文献研究室编《邓小平思想年谱(1975—1997)》,中央文献出版社1998年版,第29—30页)。
② 中共中央文献研究室编:《邓小平年谱(1975—1997)》(下),中央文献出版社2007年版,第714页。

成就。然而在后期,特别是"文革"期间,由于认识上的局限,也由于实践中出了偏差,产生了一些问题,影响了党和国家正常发展。要使党的"初心"和不同历史发展阶段广大人民群众最根本、最迫切的利益诉求高度契合,必须永远坚持实事求是的精神。在这样的历史背景中观察,以邓小平为核心的第二代中央领导集体开创的改革开放事业,就是社会主义的再出发,是党的"初心"的再焕发。正因为如此,邓小平才时常告诫我们党,贫穷不是社会主义;也正因为如此,他才时常提醒我们党,关门搞不好社会主义;还是因为如此,他才经常思考社会主义的本质、根本任务等问题。关于社会主义本质,邓小平提出,"社会主义的本质,是解放生产力,发展生产力,消灭剥削,消除两极分化,最终达到共同富裕"[①],关于社会主义的根本任务,邓小平指出,社会主义最根本的任务"就是发展生产力","并且在发展生产力的基础上不断改善人民的物质文化生活"。[②]关于评判改革开放成效的客观标准,邓小平提出"三个有利于",即有利于发展社会主义社会的生产力,有利于增强社会主义国家的综合国力,有利于提高人民的生活水平,将落脚点定

---

① 邓小平:《在武昌、深圳、珠海、上海等地的谈话要点》,载《邓小平文选》第三卷,人民出版社1993年版,第373页。

② 邓小平:《建设有中国特色的社会主义》,载《邓小平文选》第三卷,人民出版社1993年版,第63页。

位在提高人民的生活水平上。[①] 可见,在重大问题上,邓小平始终以最广大人民群众的根本利益为出发点和归宿,以人民拥护不拥护、人民赞成不赞成、人民高兴不高兴、人民答应不答应作为党制定各项方针、政策的依据。为此,他高度关注改革开放过程中出现的问题,尤其是影响群众利益的问题。1990年12月24日在同几位中央负责同志谈话时,他强调说:"共同致富,我们从改革一开始就讲,将来总有一天要成为中心课题。社会主义不是少数人富起来、大多数人穷,不是那个样子。社会主义最大的优越性就是共同富裕,这是体现社会主义本质的一个东西。如果搞两极分化,情况就不同了,民族矛盾、区域间矛盾、阶级矛盾都会发展,相应地中央和地方的矛盾也会发展,就可能出乱子。"[②] 可见,他对当时出现的贫富分化问题已十分关注,满怀忧虑。1992年,88岁高龄的邓小平在同弟弟邓垦谈话时动情地说:"共产主义理想是伟大的,但要经过相当长的历史阶段才能达到。社会主义是可爱的,为社会主义奋

---

① 参见邓小平《在武昌、深圳、珠海、上海等地的谈话要点》,载《邓小平文选》第三卷,人民出版社1993年版,第372页。
② 邓小平:《善于利用时机解决发展问题》,载《邓小平文选》第三卷,人民出版社1993年版,第364页。

斗是值得的。这同时也是为共产主义奋斗。"① 这位从年轻时就"已打定主意",到晚年仍念念不忘"为共产主义奋斗"的共产党人,可以说用一生的坚守,诠释了"不忘初心,方得始终"的真谛。

20世纪90年代以后,尤其是在千年更迭、世纪交替之际,中国共产党所处的国际国内环境发生了前所未有的巨变。同时,中国共产党也进入整体性交接的关键时刻,一大批在和平年代成长起来,没有经过战争年代流血牺牲考验的党员走上了各级领导岗位,党所处的地位、环境以及自身状况和历史任务都发生了重大变化。世情、国情、党情发生的巨大变化,特别是苏共失败、苏联解体这一重大政治事件所敲响的警钟,使"建设一个什么样的党、怎样建设党"就成为以江泽民为主要代表的中国共产党人在世纪之交面对的重大命题。

2000年2月,江泽民在广东考察时提出了"三个代表"重要思想。他指出:"总结我们党七十多年的历史,可以得出一个重要结论,这就是:我们党所以赢得人民的拥护,是因为我们党在革命、建设、改革的各个历史时期,总是代表着中国先进生产力的发展要求,代表着中国先进文化的前进方向,代表着中国最广大人民的根本利益,

---

① 中共中央文献研究室邓小平研究组编:《邓小平自述》,解放军出版社2005年版,第265页。

并通过制定正确的路线方针政策，为实现国家和人民的根本利益而不懈奋斗。"①"三个代表"重要思想是中国共产党在新世纪的执政理念，同时也宣示了中国共产党代表最广大人民的根本利益，坚守"初心"、履行使命的庄严承诺。

进入新世纪，胡锦涛上任伊始就在2002年冬到西柏坡进行学习考察，重温"两个务必"，并第一次提出权为民所用、情为民所系、利为民所谋，号召全党要谦虚谨慎，艰苦奋斗，始终不渝，为最广大人民谋利益。

当时，中国特色社会主义建设进入重要的战略机遇期。一方面，国内继续深化改革，经济增长提速，中国加入世贸组织，战胜突如其来的"非典"疫情，成功举办北京奥运会和上海世博会，抗击汶川特大地震等严重自然灾害，成功应对国际金融危机的冲击，妥善处置一系列重大突发事件；另一方面，美国次贷危机引发的金融风暴席卷全球，暴露了资本主义的固有矛盾，也凸显了世界经济增长模式的弊端。面对经济结构失衡、资源紧张、生态环境恶化以及贫富两极分化等全球性问题，以胡锦涛为主要代表的中国共产党审时度势，把中国发展放在世界大局中思考，提出了以人为本，全面、

---

① 江泽民：《在新的历史条件下更好地做到"三个代表"》，载《江泽民文选》第三卷，人民出版社2006年版，第2页。

协调、可持续的科学发展观。胡锦涛在党的十七大报告中指出:"我们党自诞生之日起就勇敢担当起带领中国人民创造幸福生活、实现中华民族伟大复兴的历史使命。为了完成这个历史使命,一代又一代中国共产党人前赴后继,无数革命先烈献出了宝贵生命。当代中国共产党人必须继续承担好这个历史使命。"[1] 发展为了人民、发展依靠人民、发展成果由人民共享的科学发展观,就是在新的历史起点上坚守"初心"、履行使命的时代体现。

三、习近平同志与中国共产党人的"初心"

中国共产党人的"初心"是一脉相承、一以贯之的,也是承前启后、与时俱进的。在党的坚强领导下,经过不懈奋斗,中国取得了改革开放和社会主义现代化建设的历史性成就,中国特色社会主义进入新时代。不过,在看到巨大成绩的同时,也应该看到改革与发展遇到了前所未有的困难与挑战。

首先,党风不振,党内政治生态出现一定程度的恶化。面对经济的跨越式发展和财富的巨量增长,主要是在一些党员、干部,包

---

[1] 胡锦涛:《高举中国特色社会主义伟大旗帜,为夺取全面建设小康社会新胜利而奋斗》,载中共中央文献研究室编《十七大以来重要文献选编》(上),中央文献出版社2009年版,第42—43页。

括高级领导干部中，出现了理想信念不坚定、对党不忠诚、纪律松弛、脱离群众、贪污腐化等问题，如果不注重党风建设，听任不正之风侵蚀党的肌体，就有失去民心、丧失政权的危险。

其次，国内改革进入深水区，进入"由易及难"的攻坚克难阶段，东西部之间、行业之间、城乡之间、不同社会群体之间发展不平衡依然存在，科技创新能力有待提升，生态环境保护任重道远，脱贫攻坚任务艰巨，意识形态领域斗争依然复杂，国家治理体系和治理能力有待加强，这些问题构成了长期制约我国发展、不能很好地满足人民群众日益增长的美好生活需要的主要根源。

最后，国际局势错综复杂，当今世界正处于百年未有之大变局。第一，世界经济新旧动能正在转换。人工智能、大数据、量子信息和生物技术等新一轮科技革命和产业变革正在积聚力量，催生大量新产业、新业态、新模式，给全球发展和人类生产生活带来翻天覆地的变化。第二，国际格局和力量对比加速演变，新兴市场国家和发展中国家群体性崛起势不可挡。目前，新兴市场国家和发展中国家对世界经济增长的贡献率已经达到80%。保持现在的发展速度，十年后其经济总量将接近世界总量的一半。第三，全球治理体系深刻重塑，单边主义、保护主义愈演愈烈，多边主义和多边贸易体制受到严重冲击。特别是当前中美贸易摩擦不断升级，"中国威胁论"的炒作再次甚嚣尘上，使中国致力于优化全球治理，推动形成开放、包容、公平、合理的经济秩序的努力面临挑战。

正是在这样的背景下，以习近平同志为核心的新一届党的领导集体立足新情况，直面新挑战，聚焦"从哪里来、到哪里去"这一历史性的追问，带领全党重温"初心"这一关系到党和国家生死存亡的大问题。用习近平总书记的话说，我们现在面临的是"一个船到中流浪更急、人到半山路更陡的时候，是一个愈进愈难、愈进愈险而又不进则退、非进不可的时候"[1]。2012年11月15日，习近平在当选总书记后就向中外媒体记者庄严宣告："人民对美好生活的向往，就是我们的奋斗目标。"[2] 这可以看作他对"初心"问题的一次重要的提示。

2016年7月1日，在庆祝中国共产党成立95周年大会上的讲话中，习近平总书记连用八个"不忘初心，继续前进"告诫全党要更好地担负起历史所赋予的光荣使命。2017年10月18日，在党的十九大报告中，他明确定义了"初心"和"使命"的内涵："中国共产党人的初心和使命，就是为中国人民谋幸福，为中华民族谋

---

[1] 习近平：《在庆祝改革开放40周年大会上的讲话》，《人民日报》2018年12月19日。
[2] 习近平：《人民对美好生活的向往　就是我们的奋斗目标》，载中共中央文献研究室编《十八大以来重要文献选编》（上），中央文献出版社2014年版，第70页。

复兴。"[1] 与"不忘初心"的命题密切相关，"人民"也是习近平总书记主政后的关键词，"一切为了人民""以人民为中心""人民立场"等，都是他反复强调的话语。党的十九大闭幕仅一周，习近平总书记就带领新一届中央政治局常委专程前往上海和嘉兴，瞻仰上海中共一大会址和浙江嘉兴南湖红船，重温入党誓词。2019年5月20日，习近平总书记赴江西考察调研，专程前往赣州于都县，到当年中央红军长征集结出发地敬献花篮。这同样是在返本归真、追溯源头，宣示共产党人"不忘初心、牢记使命"的责任和担当。

习近平总书记多次就这一问题发表重要论述，不断丰富"初心"的理论内涵。在主持中共中央政治局集体学习《共产党宣言》时，他说："学习运用《共产党宣言》，就要不忘初心、牢记使命，始终把人民放在心中最高位置，更好增进人民福祉，推动人的全面发展、社会全面进步。"[2] 可以说，"不忘初心、牢记使命"是习近平新时代中国特色社会主义思想的核心内容，是贯穿于改革发展、党的建设、军队建设、社会治理、外交政策和统战各领域的基本方略。

---

[1] 习近平:《决胜全面建成小康社会　夺取新时代中国特色社会主义伟大胜利——在中国共产党第十九次全国代表大会上的报告》，《人民日报》2017年10月28日。

[2] 习近平:《学习马克思主义基本理论是共产党人的必修课》，载中共中央党史和文献研究院、中央"不忘初心、牢记使命"主题教育领导小组办公室编《习近平关于"不忘初心、牢记使命"重要论述选编》，党建读物出版社、中央文献出版社2019年版，第331页。

我们知道，重视中华优秀传统文化，推动中华优秀传统文化创造性转化、创新性发展，是习近平总书记文化思想的一个重要特点。"不忘初心"的命题，当然体现了马克思主义经典作家和中国共产党人的一贯立场和追求，这一点是毫无疑问的。同时，我们也注意到，强调回到最初的本心本性，也是中国古代哲学源远流长的一个传统。《孟子·离娄下》中有这样的思想："大人者，不失其赤子之心者也。"[①]就是说，成就大事业的人物都不会偏离其纯洁善良的本心。后世儒家哲学也经常讲"反本复性"，即革除尘染的积习积弊，回归于本心本性，以获得觉悟。在新时代开启的时候，更需要纠正以往的一些偏差和失误，重新回到并强调那个原点，即"初心"，以"初心"作为基准点，校正当下的思想和行动。

习近平总书记说："今天，我们比历史上任何时期都更接近中华民族伟大复兴的目标，比历史上任何时期都更有信心、有能力实现这个目标。"[②]当前，全面建成小康社会已经进入决胜阶段，中华民族伟大复兴也将面临决胜阶段，我们即将投入伟大斗争，实现伟大梦想。这就更需要中国共产党时刻"不忘初心"，时刻"牢记

[①] 朱熹：《四书章句集注》，中华书局1983年版，第292页。
[②] 习近平：《在文艺工作座谈会上的讲话》，载中共中央宣传部编《习近平总书记在文艺工作座谈会上的重要讲话学习读本》，学习出版社2015年版，第2页。

使命",为中国人民谋幸福,为中华民族谋复兴,为中华民族伟大复兴的中国梦奋斗。

四、党的文艺工作与"初心"

中国共产党自创立之日起,就高度重视文艺工作。纵观党领导文艺的各个历史阶段,会发现我们党对文艺的领导始终跟党的"初心"联系在一起,这就是为最广大人民群众服务。而这个服务,不是在娱乐群众的低级意义上理解文艺的功能,而是在动员群众、教育群众、组织群众的高级意义上理解文艺的作用,领导文艺,发展文艺,使文艺成为我们党和国家整体事业的有机组成部分。

我们党领导文艺的第一个阶段,大致自1921年7月中国共产党成立,到1942年5月延安文艺座谈会召开。这是党领导文艺的初创期。在这一时期,我们党的首要任务是组织建设、政治建设、军事斗争。但自创立起,早期共产党领导人就对文艺的本质、作用等问题提出了不少见解。此后,随着革命形势的发展,党对文艺的理解越来越全面、深刻,对文艺的领导也越来越自觉,越来越有组织,越来越有成效。

概括地看,这一阶段我们党对文艺的领导可以分为两个部分:一是党所领导的国统区、敌占区的文艺工作,尤其是党领导的左翼文艺运动；二是自中央苏区红军文艺工作开始，一直到延安等各革命根据地、解放区的文艺工作。由于环境极端不同，党对这两部分文艺工作的领导在具体策略、方法、步骤、形式上有很大不同，但在对文艺根本作用的理解上，尤其是在文艺与"初心"关系的理解上，却高度一致。因而，这两部分的文艺工作都是中国革命的有机组成部分，都为中国的民族革命和社会革命运动发挥了十分积极的作用。下面重点看党领导的左翼文艺运动，这是党领导文艺的一个重要阶段。

鲁迅说过，"中国无产阶级革命文学的历史的第一页，是同志的鲜血所记录"[1]。大家熟知的"左联"五烈士中的殷夫（笔名）出生于1910年，牺牲的时候年仅21岁。他在1929年写过一首著名的诗《别了，哥哥》。这首诗的第一段和最后一段写道：

别了，我最亲爱的哥哥，/你的来函促成了我的决心，/恨的是不能握一握最后的手，/再独立地向前途踏进。//……别了，哥哥，别了，/此后各走前途，/再见的机会是在，

---

[1] 鲁迅：《二心集·中国无产阶级革命文学和前驱的血》，载《鲁迅全集》第四卷，人民文学出版社2005年版，第290页。

/当我们和你隶属着的阶级交了战火。①

比殷夫年长15岁的哥哥徐培根,早年就读于杭州陆军小学堂,后入保定军校和陆军大学,1927年"四一二"政变前,任蒋介石北伐军总司令部参谋处处长,后留学德国。诗中所说"你的来函"就来自德国。②殷夫在1931年牺牲前,曾因参加革命活动三次被捕,"四一二"政变后是第一次被捕,差点被枪决,经其兄保释才得以出狱。出狱不久,殷夫就加入中国共产党,先后参与党的青年团和青年工人运动、党刊的编辑以及"左联"的筹备等多项工作,直到牺牲。③知道了这样的背景,我们就更能理解这首诗的价值。它生动地阐释了一名党的文艺工作者的"初心",也反映了那个阶段党对文艺的领导,以其强大的感染力凝聚、激励着大批才华卓著的文艺家靠近党、加入党,为阶级的解放和中国的明天而奋斗。左翼文艺工作的亲历者和领导者周扬,曾经深情回顾和总结这段历史:那些革命文艺家"在旧中国最黑暗的年代里,响亮地提出了无产阶级

---

① 殷夫:《别了,哥哥》,载公木主编《新诗鉴赏辞典》,上海辞书出版社1991年版,第277—278页。
② 参见公木主编《新诗鉴赏辞典》,上海辞书出版社1991年版,第277—278页。
③ 参见中共宁波市委党史研究室编《宁波中共党史人物1925—1949》,宁波出版社2015年版,第78—79页。

革命文学的口号。他们以大无畏的革命英雄气概，发出了战斗的号召，把大批青年召唤到革命旗帜之下，他们高举革命文学大旗，创办刊物，开辟阵地，写作革命文学作品，传播马克思列宁主义文艺思想，使无产阶级革命文学象火焰似地烧向整个黑暗的旧中国"[1]。

党领导文艺的第二个阶段，大致从1942年5月延安文艺座谈会召开，到1949年7月第一次"文代会"召开，党的文艺政策初步确立。经历了革命的锤炼，党领导革命事业的经验越来越丰富，在文艺领域同样如此。中央红军到达延安后，为推动解放区文教事业发展，发布了一系列决定和决议，从原则和方法上对解放区的文艺状况和发展方向做出描述和规定，一些重要的文艺组织先后成立。比如，1936年11月22日，中国文艺协会成立，毛泽东亲临现场并发表讲话，高度评价文艺的作用，认为中国文艺协会的成立"是近十年来苏维埃运动的创举"，要求文艺战线上的活动应该与武装斗争互相配合，力争做到文武双全。[2]1938年4月28日，毛泽东在鲁迅艺术学院发表讲话，要求"鲁迅艺术学院要造就有远大的理想、丰富的生活经验、良好的艺术技巧的一派艺术工作

---

[1] 周扬：《继承和发扬左翼文化运动的革命传统——在纪念"左联"成立五十周年大会上的讲话》，《人民日报》1980年4月2日。
[2] 毛泽东：《在中国文艺协会成立大会上的讲话》，载中共中央文献研究室编《毛泽东文艺论集》，中央文献出版社2002年版，第3页。

者"①。1942年5月，党中央在延安举行文艺座谈会，毛泽东出席并于5月2日和23日分两次发表讲话。1943年10月19日，《解放日报》发表了毛泽东的《在延安文艺座谈会上的讲话》（以下简称"《讲话》"）。延安文艺座谈会与《讲话》不仅是这一阶段党领导文艺的重大事件，在党的文艺史上也是一座里程碑，标志着党的文艺方针的确立。《讲话》开启了中国文艺的一个新时代——人民文艺的时代！用毛泽东1944年1月观看平剧《逼上梁山》后写给编剧杨绍萱、齐燕铭的信中的话说，就是《讲话》及其所倡导的文艺，把被旧社会颠倒的历史重新颠倒了过来，人民成了文艺的主角、历史的主角②，这是党的"初心"在文艺中最生动、有力、深刻的呈现。

党领导文艺的第三个阶段，大致自1949年7月第一次"文代会"召开，到2014年10月15日北京文艺工作座谈会召开。这是新中国成立后党的文艺方针、路线调整、确立的时期，"二为"方向和"双百"方针成为党领导文艺的基本遵循。1949年以后，面对变化了的形势，尤其是文艺队伍与文艺服务对象空前扩大的现实，我们党

---

① 毛泽东：《在鲁迅艺术学院的讲话》，载中共中央文献研究室编《毛泽东文艺论集》，中央文献出版社2002年版，第17—18页。
② 毛泽东：《致杨绍萱、齐燕铭》，载中共中央文献研究室编《毛泽东文艺论集》，中央文献出版社2002年版，第278页。

积极探索、调整领导文艺的方式方法。1951年4月3日，毛泽东同志为中国艺术研究院的前身中国戏曲研究院题词"百花齐放，推陈出新"。1956年4月28日，毛泽东在中央政治局扩大会议上做总结讲话时，提出了"百花齐放，百家争鸣"方针。进入改革开放新时期后，一方面针对此前尤其是"文革"期间"左"的文艺政策压抑了文艺生产力的问题，另一方面面对人民群众对文艺的需求日益多样化的新形势，我们党及时调整了文艺方针、政策。1978年3月，全国人大五届一次会议把"双百"方针写进了宪法。1979年10月30日，第四次"文代会"召开，邓小平代表党中央发表祝辞，提出"要继续坚持毛泽东同志提出的文艺为最广大的人民群众、首先为工农兵服务的方向，坚持百花齐放、推陈出新、洋为中用、古为今用的方针，在艺术创作上提倡不同形式和风格的自由发展，在艺术理论上提倡不同观点和学派的自由讨论"[①]。1980年7月26日，《人民日报》发表社论《文艺为人民服务、为社会主义服务》，将"文艺为人民服务、为社会主义服务"确立为新时期党领导文艺的总路线。这一路线从20世纪80年代经过90年代一直延续到新世纪。通过这些调整可以看出，在多种经济成分并存、价值观念多元的时

---

① 邓小平：《在中国文学艺术工作者第四次代表大会上的祝辞》，载《邓小平文选》第二卷，人民出版社1993年版，第210页。

代，我们党对文艺的领导越来越灵活，赋予文艺家以更大的空间，但同时，也始终坚持"文艺为人民服务、为社会主义服务"的"初心"。

党领导文艺的第四个阶段，从2014年10月15日习近平总书记主持召开文艺工作座谈会并发表重要讲话开始，党对文艺的领导进入新时代。在这次文艺工作座谈会上，习近平总书记从"实现中华民族伟大复兴需要中华文化繁荣兴盛""创作无愧于时代的优秀作品""坚持以人民为中心的创作导向""中国精神是社会主义文艺的灵魂"和"加强和改进党对文艺工作的领导"五个方面，深刻阐明了党中央对于繁荣发展社会主义文艺工作的指导意见，为今后党领导文艺工作提供了最新的思想纲领。2017年10月18日，党的十九大报告明确提出"中国特色社会主义进入新时代"，"我国社会主要矛盾已经转化为人民日益增长的美好生活需要和不平衡不充分的发展之间的矛盾"。基于这一战略判断，党中央对文化工作做出了新的部署，强调"坚定文化自信，推动社会主义文化繁荣兴盛"，"发展中国特色社会主义文化，就是以马克思主义为指导，坚守中华文化立场，立足当代中国现实，结合当今时代条件，发展面向现代化、面向世界、面向未来的，民族的科学的大众的社会主义文化，推动社会主义精神文明和物质文明协调发展。要坚持为人民服务、为社会主义服务，坚持百花齐放、百家争鸣，坚持创造性转化、创新性发展，不断铸就中华文化新辉煌"。[①]这是习近平总书记坚守"初心"，立足现实，对文艺做出的新判断，提出的新要求，必将对我国文艺产生深远影响。

五、"主旋律"文艺与"初心"

党的文艺工作的"初心"是为最广大人民群众服务，这就需要加强党对文艺的统一领导。同时，在和平发展的时代，在多种经济成分和多种价值观念并存的时代，文艺还肩负着落实党的文化领导权的重要任务。对于党的文艺工作者来说，坚守"初心"，就是要履行好掌握文化领导权的使命，就是要搞好"主旋律"创作，以"主旋律"创作引领文艺的时代潮流，引导人们的价值观。

文化领导权是马克思主义思想史上的一个重要理论命题，文化领导权之争是一场长期艰巨的斗争。我们虽然已经取得了社会主义革命的胜利，经过社会主义建设、改革和发展进入中国特色社会主义新时代，但文化领导权之争并未因此而结束。这主要体现在两个方面。首先是以美国为首的资本主义国家对我们的意识形态包围、

---

① 习近平：《决胜全面建成小康社会　夺取新时代中国特色社会主义伟大胜利——在中国共产党第十九次全国代表大会上的报告》，《人民日报》2017年10月28日。

渗透和颠覆从未停止，而且，今天与经贸、科技领域的斗争结合在一起，愈演愈烈。这就是说，我们今天面对的文化领导权斗争并非局限于一国之内不同阶层、群体之间，而是在全球范围内展开，因此局势更为复杂，任务更加繁重。其次，毋庸讳言，中国特色社会主义事业取得了巨大成绩，但我们也面临着社会分化严重、利益诉求多元等问题，面临着部分党员和领导干部作风涣散、脱离群众、贪污腐化等问题，面临着新自由主义、历史虚无主义等不健康思潮的冲击。体现在文艺领域，就是习近平总书记《在文艺工作座谈会上的讲话》中所批评的"抄袭模仿、千篇一律"的问题，"机械化生产、快餐式消费"的问题，"调侃崇高、扭曲经典、颠覆历史，丑化人民群众和英雄人物"的问题，"是非不分、善恶不辨、以丑为美，过度渲染社会阴暗面"的问题，"一味媚俗、低级趣味，把作品当作追逐利益的'摇钱树'，当作感官刺激的'摇头丸'"的问题，"'以洋为尊'、'以洋为美'、'唯洋是从'，把作品在国外获奖作为最高追求，跟在别人后面亦步亦趋、东施效颦"的问题，"热衷于'去思想化'、'去价值化'、'去历史化'、'去中国化'、'去主流化'"的问题。[①] 因此，就国内情况来看，文

---

① 习近平：《在文艺工作座谈会上的讲话》，载中共中央宣传部编《习近平总书记在文艺工作座谈会上的重要讲话学习读本》，学习出版社 2015 年版，第 10、28 页。

化领导权之争依然存在，有时还很激烈。我们今天面对的是一个空前多元、复杂、立体的社会结构，面对的是一个空前多样、动态、敏感的价值空间，在这样的社会结构和价值空间中，文化领导权之争需要主动、耐心、细致的"说服"工作，需要赢得绝大多数社会阶层的"同意"。文化领导权理论还告诉我们，党一定要培养自己的知识分子，有效传播社会主义核心价值观，促进民众普遍的文化觉悟、政治觉悟，贯彻并维护整个社会的"集体意志"。这样的知识分子，其实就包括党的文艺工作者。最后，上述一切也提醒着我们，要想真正赢得文化领导权，除了政治经济等方面的硬实力外，还需要文化软实力，尤其是文艺的软实力。关于这一点，中外文艺史上均不乏经典事例。

新歌剧《白毛女》就是一个很好的事例。这部中国革命文艺的经典作品根据20世纪40年代初河北西部山区流传的"白毛仙姑"故事改编而成，由延安鲁迅艺术文学院集体创作，贺敬之、丁毅执笔，是为党的七大献礼而创作的。《白毛女》的演出，首先轰动了延安。该剧于1945年4月在延安党校礼堂为党的七大代表举行首演，出席观看的有毛泽东、周恩来、朱德、刘少奇等中央主要领导，全体中央委员和七大代表。据那晚饰演喜儿的王昆回忆，第一幕结束剧场休息时，导演到后台对大家说："第一幕很成功，所有的人都拿着手绢擦眼泪。"全剧演完后，周恩来、邓颖超、刘澜涛、罗瑞卿等领导和许多代表都来到化妆间看望演员，有人说："你们的戏让我们从头哭到尾，连叶剑英这行伍出身的同志也哭了，真是：英雄有泪不轻弹，只缘未到伤心处哇！"①该剧首创艺术家们回忆，"当年毛主席来看歌剧《白毛女》，有人从侧幕缝中看见毛主席感动得落泪，后来毛主席曾说：这个戏很动人"②。还有资料这样描述当时的演出场景："当戏演到高潮，喜儿被救出山洞，后台唱出'旧社会把人变成鬼，新社会把鬼变成人'的歌声时，毛主席和其他中央领导同志一同起立鼓掌。"③据黎辛回忆，《白毛女》首演第二天，"中央书记处派人往鲁艺送去三条意见，说：'第一，这个戏是非常适合时宜的；第二，黄世仁应当枪毙；第三，艺术上是成功的。'当时，中央书记处由毛泽东、刘少奇、任弼时三人组成，毛泽东同志又是中央政治局与中央书记处的主席。毛主席看完戏后这么认真而迅速地表示意见，据我所知是前所未有的"④。《白毛女》

---

① 转引自何火任《〈白毛女〉与贺敬之》，载陆华编《贺敬之研究文选》下册，文化艺术出版社2008年版，第900页。
② 转引自何火任《〈白毛女〉与贺敬之》，载陆华编《贺敬之研究文选》下册，文化艺术出版社2008年版，第900页。
③ 转引自何火任《〈白毛女〉与贺敬之》，载陆华编《贺敬之研究文选》下册，文化艺术出版社2008年版，第900页。
④ 转引自何火任《〈白毛女〉与贺敬之》，载陆华编《贺敬之研究文选》下册，文化艺术出版社2008年版，第900页。

首演轰动延安，此后，该剧在延安前后共演出三十多场，机关、部队及群众大都看过，有人连看数次，还有人远远从安塞、甘泉走来观看，成为当时延安的一大文艺盛事。

此后，伴随着中国革命的发展和解放战争的进展，《白毛女》在全国新老解放区纷纷上演，其影响之深远、感人之强烈可谓空前。陈强饰演黄世仁的"遭遇"就很有代表性。据他回忆："1946年解放战争中张家口保卫战时，我们联大文工团到怀来演出《白毛女》。当地盛产水果，当我们演到最后一幕时（斗争黄世仁），随着台上群众演员'打倒恶霸地主黄世仁'的口号声，台下突然飞来无数果子，一个果子正好打在我的眼睛上，第二天我的眼成了个'乌眼青'。最可怕的一次是冀中河间为部队演出那次，部队战士刚刚开过诉苦大会就来看戏，也是在演到最后一幕时，战士们在台下泣不成声，突然有一个翻身后新参军的战士'咔嚓'一声把子弹推上枪膛，瞄准了舞台上的黄世仁，幸亏在紧要关头被班长发现了，把枪夺了过去。"[①] 这类战士要开枪打黄世仁的情况，在其他地方也屡有发生，以至规定战士看《白毛女》时不许带子弹。一位解放军高级将领回忆说："46年看歌剧《白毛女》时，我还是个团政委，

---

① 转引自何火任《〈白毛女〉与贺敬之》，载陆华编《贺敬之研究文选》下册，文化艺术出版社2008年版，第901页。

那时战士看完这出戏，杀敌劲头之高，甚至比我们战前政治动员还有效。"①这种强烈的艺术感染力所发挥的政治效力也表现在对被俘虏官兵的感化教育上。我党早期新闻工作者刘尊棋回忆他1946年3月下旬在张家口看《白毛女》演出时说："那一次是招待八十几个被俘的蒋军官兵，他们坐在前几排，当演到杨白劳死去，喜儿摔盆，恶汉抢她的时候，这几排贵宾竟哭不成声，后来索性嚎啕大哭起来，连舞台的对话和歌声都听不清楚了。"②丁玲谈到《白毛女》时，说它是"当时广大农村不可缺少的精神食粮"，"每次演出都是满村空巷，扶老携幼，屋顶上是人，墙头上是人，树杈上是人，草垛上是人。凄凉的情节，悲壮的音乐激动着全场的观众，有的泪流满面，有的掩面呜咽，一团一团的怒火压在胸间"。③《白毛女》演出后往往在农民中掀起参军、"土改"的高潮。香港同胞也深爱《白毛女》，据资料记载，1948年5月到6月间在九龙普庆大戏院演出该剧时，轰动了香港，有人甚至从广州、潮汕、澳门等地及

---

① 转引自何火任《〈白毛女〉与贺敬之》，载陆华编《贺敬之研究文选》下册，文化艺术出版社2008年版，第901页。
② 转引自何火任《〈白毛女〉与贺敬之》，载陆华编《贺敬之研究文选》下册，文化艺术出版社2008年版，第901页。
③ 转引自何火任《〈白毛女〉与贺敬之》，载陆华编《贺敬之研究文选》下册，文化艺术出版社2008年版，第902页。

新加坡等国赶来看戏。①

　　这就是文艺的作用，文艺在文化领导权之争中的重要作用。一部歌剧，感动了党的高级领导，感动了解放军官兵，感动了工人，感动了农民，感动了市民，感动了各阶层、各行业、各领域、各年龄段的人，使他们满怀激情地投入打破旧社会、建设新中国的革命中去，成为中国告别黑暗、走向光明的重要动力，其说服力、动员力、凝聚力难以估量，难怪多年后谈到这部歌剧时，田汉还发出感慨："这部戏是为革命立过功劳的。"②或许可以说，中国人民解放军之所以在战场上所向披靡，不仅是因为他们手中有枪，而且更因为他们手中的枪上有文化，有《白毛女》。

　　《白毛女》的作用不仅局限在国内，也不仅局限于革命战争中，而且还是讲述中国故事、展示中国情感、树立中国形象，尤其是再现中国人民不屈不挠地改造旧世界、追求新生活的中国精神的最佳载体。1949年后，《白毛女》的影响逐渐传播到国外。20世纪50年代初，由周巍峙任团长的中国青年艺术团带着歌剧《白毛女》等节目巡回演出于苏联、波兰、捷克斯洛伐克、罗马尼亚、保加利亚、

---

① 参见李门《记歌剧〈白毛女〉在香港的演出》，载陆华编《贺敬之研究文选》下册，文化艺术出版社2008年版，第801页。
② 张庚、萧三、叶林等：《座谈歌剧〈白毛女〉的新演出》，载陆华编《贺敬之研究文选》下册，文化艺术出版社2008年版，第753页。

阿尔巴尼亚、东德和奥地利等国家,深深地感动了广大的外国观众。饰演杨白劳的张守维举例说,在奥地利剧场门前有一个曾经找过他们"麻烦"的交通警察,看了《白毛女》后,从此向他们举手敬礼。一位被法西斯杀害了三个儿子的奥地利老大娘,跟着艺术团,演到哪里看到哪里,临别时含着热泪对艺术团的人说:"我本来是没有活头了,但从你们的《白毛女》中看到了希望。我感谢你们,感谢中国出了个毛泽东啊!"① 1955年,日本松山芭蕾舞团根据电影《白毛女》改编成芭蕾舞在日本公演,并于1958年来华演出,受到热烈欢迎并得到高度赞誉,书写了中日文艺史、外交史上的一段佳话。在芭蕾舞剧《白毛女》中主演喜儿的松山树子就说:"白毛女与日本农民有本质上的联系。我确信《白毛女》中所写的对旧社会的憎恨不单是中国人民的憎恨,同时也是日本人民的憎恨,全世界人民的憎恨。"② 通过一部剧,在中国人民与世界人民之间架起了一座"心桥",沟通了他们之间的感情,密切了他们之间的关系,这力量堪称巨大!

我国新时期著名作家、"改革文学"的发轫者、代表者蒋子龙

---

① 转引自何火任《〈白毛女〉与贺敬之》,载陆华编《贺敬之研究文选》下册,文化艺术出版社2008年版,第903页。
② 转引自何火任《〈白毛女〉与贺敬之》,载陆华编《贺敬之研究文选》下册,文化艺术出版社2008年版,第903页。

的创作，也很好地说明了文艺在文化领导权方面的重要作用。他早期的创作致力于改革者的形象塑造，以雄放刚健的风格，把改革者的个性心理、精神风貌以及他们为现代化建设进行的可歌可泣的奋斗表现得极具感染力，这些改革者的"初心"也跃然纸上，为我国的改革开放事业凝聚了精神、提振了士气。比如，他发表于《人民文学》1979年第7期的《乔厂长上任记》。小说塑造了一个熟悉工厂生活、胸怀远大抱负的实干家形象乔光朴，写他立下军令状后到两年半没有完成生产任务的某市重型电机厂当厂长。他到任即大刀阔斧、锐意改革，很快就使电机厂走出困境，重回正轨，他也因此赢得了群众的信任。由于这部小说以饱满的热情塑造、讴歌了新时期改革开放的"脊梁"，因而迅速得到读者好评，作者收到近千封读者来信，而"乔厂长"也成了改革者的代名词。有的工人还买来发表这篇作品的《人民文学》送给自己的厂长，希望他也能如乔光朴那样领导工人干"四化"。有些厂长甚至把这篇小说当作企业管理的教科书加以研究。[1]这部作品的影响力由此可见一斑。

李雪健的表演艺术同样是文艺在文化领导权方面发挥积极作用的典型例证。李雪健是改革开放中成长起来的一位优秀表演艺术家，已经从事戏剧影视表演工作四十多年。他崇德尚艺，执着追求更高

---

[1] 参见周凡恺《"乔厂长"上任三十年》，《天津日报》2008年12月18日。

的人生与艺术境界，形成了含蓄、真诚、淳厚、朴实的表演风格，塑造了众多生动鲜活的艺术形象，深受观众欢迎。他主演的《焦裕禄》《杨善洲》等"主旋律"作品，更是以朴实本色的演出，演活了这些模范党员，惟妙惟肖地展现了他们的"初心"，成为讴歌英雄模范、弘扬时代精神的经典。

习近平总书记《在文艺工作座谈会上的讲话》中提到自己到国外出访时，往往会谈到被访国的文艺大家和文艺经典，因为"文艺是世界语言，谈文艺，其实就是谈社会、谈人生，最容易相互理解、沟通心灵"[1]，说的就是这个道理。这提醒我们，在文化领导权之争中一定要重视好、发挥好文艺这种"世界语言"独一无二的作用。这也要求我们，不忘本来，吸收外来，面向未来，创作无愧于时代的优秀作品。

这是习近平总书记高度重视文艺工作，尤其是文艺精品的原因。习近平总书记《在文艺工作座谈会上的讲话》一共讲了五个问题，其中第二个问题就是"创作无愧于时代的优秀作品"。他还谆谆告诫广大文艺工作者应该牢记"创作是自己的中心任务，作品是自己

---

[1] 习近平：《在文艺工作座谈会上的讲话》，载中共中央宣传部编《习近平总书记在文艺工作座谈会上的重要讲话学习读本》，学习出版社2015年版，第9页。

的立身之本，要静下心来、精益求精搞创作"①。关于优秀文艺作品，习近平总书记说，"优秀作品并不拘于一格、不形于一态、不定于一尊"②。看得出，他是希望各个领域、各个门类、各种形式、各种流派都创作出自己的精品来。然而，他同时强调，"社会主义文艺，从本质上讲，就是人民的文艺"③。因此，作为新时代的文艺工作者，我们践行"初心"的主要切入点就是人民文艺、"主旋律"文艺。因为，没有"主旋律"文艺的繁荣发展，很难想象我们会赢得新时代的文化领导权斗争。

实际上，"主旋律"文艺的提出就是新时期我国文艺路线调整的必然结果。新时期以来，随着思想解放和改革开放的不断深入，文艺出现了空前繁荣活跃的景象，但同时也出现了许多新课题，无论是理论上还是实践上，人们对文艺的价值取向、创作原则等都存在着一些模糊认识，创作中也出现了一些不健康的倾向，干扰了文艺的正常发展。"主旋律"理论就是在这个背景下提出来的。可见，

---

① 习近平：《在文艺工作座谈会上的讲话》，载中共中央宣传部编《习近平总书记在文艺工作座谈会上的重要讲话学习读本》，学习出版社2015年版，第8页。
② 习近平：《在文艺工作座谈会上的讲话》，载中共中央宣传部编《习近平总书记在文艺工作座谈会上的重要讲话学习读本》，学习出版社2015年版，第8页。
③ 习近平：《在文艺工作座谈会上的讲话》，载中共中央宣传部编《习近平总书记在文艺工作座谈会上的重要讲话学习读本》，学习出版社2015年版，第14页。

"主旋律"理论是我们党与时俱进地进行理论创新的成果。习近平总书记系列重要讲话,赋予了这一理论崭新的时代内涵。在党的十九大报告中,习近平总书记明确提出:"中国共产党人的初心和使命,就是为中国人民谋幸福,为中华民族谋复兴。这个初心和使命是激励中国共产党人不断前进的根本动力。全党同志一定要永远与人民同呼吸、共命运、心连心,永远把人民对美好生活的向往作为奋斗目标,以永不懈怠的精神状态和一往无前的奋斗姿态,继续朝着实现中华民族伟大复兴的宏伟目标奋勇前进。"[1]认真学习、理解习近平总书记的讲话,我们就会发现,党的"初心"就是中国特色社会主义新时代的"主旋律"。为此,我们必须抓紧抓好"主旋律"文艺,用"主旋律"文艺践行好我们的"初心"。

习近平总书记多次提到柳青及其《创业史》,《在文艺工作座谈会上的讲话》中,他更是专门用一个段落来讲柳青,讲他长期扎根陕西省长安县皇甫村,集中精力创作《创业史》。在我们看来,习近平总书记之所以如此高度评价柳青及其《创业史》,不仅是因为柳青长期深入生活,扎根人民,创作了这部名作,还因为柳青的作为很好地阐释了一位党的文艺工作者的"初心",而他的作品,

---

[1] 习近平:《决胜全面建成小康社会 夺取新时代中国特色社会主义伟大胜利——在中国共产党第十九次全国代表大会上的报告》,《人民日报》2017年10月28日。

也极其生动地再现了以梁生宝为代表的农村基层党员的"初心"——团结、带领亿万中国农民，建设美好生活，建设社会主义，甚至再现了一代中国人民不屈不挠，克服困难，向着社会主义前进的"初心"。这样的作家，这样的作品，不感动人都难；这样的作家，这样的作品，不让人亲近都难；这样的作家，这样的作品所讲述的中国故事，不让人认同中国共产党人的"初心"更难。所以，习近平总书记一再高度肯定柳青，是因为新时代需要自己的柳青，需要新的《创业史》，需要这样的作家、作品把我们党的"初心"说明白、说响亮、说动人，从而让其走进亿万中国人民心中去，走进世界人民心中去。

应该说，这就是党的一切文艺工作者的"使命"。

（原载《文艺研究》2019年第7期）

关于中国艺术学"三大体系"建设的若干问题

韩子勇、祝东力、李修建、孙晓霞、鲁太光

习近平总书记在哲学社会科学工作座谈会上的重要讲话中提出了"三大体系"建设的时代命题。中国艺术学"三大体系"建设必须植根民族文化的沃土。中华文明积累了深厚而丰富的艺术经验，形成了独特的艺术对象体系、范畴体系和感知方式，传达出特有的艺术精神。中国艺术经验的独特性，非简单套用西方艺术理论所能阐释。百余年来，历代学人为艺术学的中国化进行了积极探索，在不同历史时期涌现出许多代表性成果。但应看到，中国艺术学"三大体系"建设仍然任重道远，尚有待学界进一步深入探讨。

习近平总书记高度重视哲学社会科学。2016年5月17日，在哲学社会科学工作座谈会上的重要讲话中，他立足新时代中国特色社会主义总体事业，对我国哲学社会科学工作进行系统研判，针对存在的问题，尤其是"学科体系、学术体系、话语体系建设水平总体不高"的问题，提出"着力构建中国特色哲学社会科学，在指导思想、学科体系、学术体系、话语体系等方面充分体现中国特色、中国风格、中国气派"的要求。[①]艺术学是哲学社会科学的有机构成，构建中国特色艺术学的学科体系、学术体系、话语体系，用中国化的理论阐发中国艺术经验，是艺术学未来发展的方向，也是艺术研究的使命所在。为此，我们对中国艺术学的发展情况进行了梳理，对中国艺术学"三大体系"建设的若干问题进行了集中探究，希望以此对我国艺术科研和创作的发展有所助益和推动。

一、引言：理论依据与文明根基

中国艺术学的"三大体系"建设，必须植根于民族文化的沃土。马克思主义经典作家站在人类发展的高度看待民族文化问题，既看到世界市场的出现和世界性文化形成的大势，又洞察民族文化存在的价值和意义。马克思、恩格斯很早就敏锐地预见到了这一问题并做了精辟分析："资产阶级，由于开拓了世界市场，使一切国家的生产和消费都成为世界性的了……物质的生产是如此，精神的生产也是如此。各民族的精神产品成了公共的财产。民族的片面性和局限性日益成为不可能，于是由许多种民族的和地方的文学形成了一

[①] 习近平：《在哲学社会科学工作座谈会上的讲话》，《人民日报》2016年5月19日。

种世界的文学。"①马克思和恩格斯高度评价世界性文化出现的意义，但并未因此忽视民族文化，因为他们坚信"每个民族同另一个民族相比都具有某种优点"②，"凡是民族作为民族所做的事情，都是他们为人类社会而做的事情，他们的全部价值仅仅在于：每个民族都为其他民族完成了人类从中经历了自己发展的一个主要的使命（主要的方面）"③。在他们看来，并不存在凌驾于各民族文化之上的世界文化，或者说，世界文化是只有通过各民族文化相互交流、融合才能产生的一种"公共的财产"。文化的民族性彰显特定民族的历史传统及特点，客观上，一些历史悠久、结构宏阔、体量庞大、影响广泛的历史主体，其文化的民族性、独特性往往也比较突出，具有更为强大的文化价值和生命力，更容易走向世界，更多地体现某种世界性。

列宁继承发展了马、恩关于民族文化的思考。他的贡献主要体现在两个方面：一是强调发展社会主义文化必须借鉴包括民族文化在内的人类一切优秀文化遗产，即"只有了解人类创造的一切财富

---

① 《共产党宣言》，载《马克思恩格斯文集》第二卷，人民出版社2009年版，第35页。在这里，"世界文学"中的"文学"既可专指"文学"，也可理解为"文化"。
② 《马克思恩格斯文集》第二卷，人民出版社1957年版，第194页。
③ 《马克思恩格斯全集》第四十二卷，人民出版社1979年版，第257页。

以丰富自己的头脑,才能成为共产主义者"①;二是针对当时资产阶级自由派强调无差别的"民族文化"提出了"两种文化"的构想,指出"每个民族文化,都有一些民主主义的和社会主义的即使是不发达的文化成分","但是每个民族也都有资产阶级的文化"。②这既为正确理解民族文化提供了理论支持,也开启了民族形式与社会主义内容相结合的思考方向。

十月革命为中国送来了马克思列宁主义,马、恩、列等关于民族文化问题的理论思考也进入中国,并在与中国革命和建设相结合的过程中产生了新的论述。在这方面,毛泽东进行了深入思考。1938年,他明确提出马克思主义必须中国化:"使马克思主义在中国具体化,使之在其每一表现中带着必须有的中国的特性,即是说,按照中国的特点去应用它,成为全党亟待了解并亟须解决的问题。洋八股必须废止,空洞抽象的调头必须少唱,教条主义必须休息,而代之以新鲜活泼的、为中国老百姓所喜闻乐见的中国作风和中国气派。"③1940年,他进一步提出新民主主义文化构想,将之界定

---

① 《列宁选集》第四卷,人民出版社2012年版,第285页。
② 《列宁全集》第二十四卷,人民出版社1990年版,第125、126页。
③ 毛泽东:《中国共产党在民族战争中的地位》,载《毛泽东选集》第二卷,人民出版社1991年版,第534页。

为"民族的科学的大众的文化"[1],为中华文化别开生面。他对中国艺术的特殊性也曾加以关注,1956年在《同音乐工作者的谈话》中强调,"中国的音乐、舞蹈、绘画是有道理的,问题是讲不大出来,因为没有多研究"[2],简括地指出了中国艺术实践的独特性以及有关理论相对滞后的现实。

进入新时期,邓小平提出社会主义物质文明和精神文明"两个文明"建设的问题,江泽民论述了社会主义先进文化,胡锦涛强调"建设社会主义文化强国"的重要性。这些论述都丰富了中国特色社会主义文化理论。

党的十八大之后,习近平总书记立足于新的国情、世情,将文化问题上升到新的战略高度进行思考,在道路自信、制度自信、理论自信的基础上进一步提出文化自信,在党的十九大报告中做出"四个自信"的理论表述,强调"文化是一个国家、一个民族的灵魂",因而"文化自信是一个国家、一个民族发展中更基本、更深沉、更持久的力量"。[3]他强调,中国的文化建设必须以马克思主义为指导,

---

[1] 毛泽东:《新民主主义论》,载《毛泽东选集》第二卷,人民出版社1991年版,第706页。

[2] 《建国以来毛泽东文稿》第六册,中央文献出版社1992年版,第178页。

[3] 习近平:《决胜全面建成小康社会 夺取新时代中国特色社会主义伟大胜利——在中国共产党第十九次全国代表大会上的报告》,人民出版社2017年版,第41、23页。

坚守中华文化立场，立足当代中国现实，发展面向现代化、面向世界、面向未来的，民族的科学的大众的社会主义文化。对传统文化必须坚持创造性转化、创新性发展。这些重要论述，与《在哲学社会科学工作座谈会上的讲话》互为表里，为新时代学术文化工作提供了遵循之根本。这一切都指向了如何理解中国的历史和现实，更确切地说——如何理解历史和现实维度下的中国艺术经验及其理论总结。

众所周知，中国位于亚欧大陆东部，四周被海洋、草原、冻土带、戈壁沙漠和高原巨岭所环绕，为早期的文明发育和漫长的成长壮大形成有利的襁褓和屏障。在内部，大河流域的广袤平原，使得古代中国结晶出多元一体、开放包容的文明体。同时，不断地吸附和消化外来文明的营养，向四方辐射先进的中华智慧，一吸一呼，生生不息，气韵绵厚悠长，具有主体性强、回旋从容、不曾中断的突出特点，最终形成以农耕文明为主要形态、大一统中央集权国家、四民社会和儒道释三教文化格局。

中国艺术就是在这样的文明、国家、社会、文化及历史的经纬格局中发生发展，尤其是在士农工商的社会构成中，以士为主导，文人艺术占据中国艺术的中心。文人士夫深厚的文化素养、丰富的艺术实践和高卓的审美旨趣，民间大众异彩纷呈的艺术活动以及彼此的浸润转化，使得中国艺术的对象体系及精神特质迥异于西方，形成了独具特色的中国艺术的历史和经验，也凝聚、承续和播散着一种独具特色的中华美学精神。

近代以降，西方的坚船利炮打开中国国门，中西文明碰撞，中国意识和中华文明陷入危机。历史选择了中国共产党人，以救亡和革命为中心，实现了最广泛的社会动员，一举扭转陷于重围的下行颓势，提振和重塑了国家、民族、人民和中华文明的命运。在急剧动荡和快速转型的历史过程中，现代中国艺术也走出了一条独特的道路。

深入理解和准确阐释这种独具一格的艺术经验和美学精神，正是中国艺术学"三大体系"建设的目标所在。从这个立场和角度出发，下面将首先梳理中国艺术经验的独特性，然后回顾20世纪以来中国艺术学的学术历程，总结经验，反思不足，最后集中辨析"三大体系"的内涵及其相互关系，并尝试提出中国艺术学"三大体系"建设在今后所应采取的策略措施以及所应着手的研究方向和重点等。

二、中国艺术经验的独特性

中国艺术诞生于中华文明独特的社会文化土壤中，其丰饶多姿的艺术活动以及由此生发出的理论体系和话语表达，透射出特有的艺术精神。同样，西方艺术理论以西方艺术活动为基础形成，面对中国艺术经验，难免扞格不入，中国艺术的独特性由此愈加凸显出来。

（一）中国艺术对象及其审美经验的独特性

18世纪以来，西方逐步确立了由绘画、雕塑、建筑、音乐、文学、戏剧、舞蹈等组成的现代艺术体系，到19世纪，又加入了摄影和电影。这一艺术体系在清末民初传入，特殊的历史命运和中国意识的危机，连带并波及中国学者对自身艺术体系的梳理与构建，某种程度上亦遮蔽了中国自身的艺术传统。

目前使用的"艺术"概念，对应的是西方的"fine arts"，和"社会""伦理""经济""商品"等众多概念一样转译自日本。实际上，在传统中国不仅存在"艺术"这一概念，更有自身独特的艺术体系和艺术感知方式。在古代文献中，"艺术"二字首见于《后汉书》，属并列关系，有时亦作"术艺"，二者都有技能、技艺之义。相较而言，"艺"的地位要高于"术"，周代贵族子弟所受教育称作"六艺"，而不称"六术"；北宋时期，有"艺画"和"术画"之别，前者需精研画理，妙悟画道，后者则徒以外形炫人眼目，二者高下判然。当然，"艺"与"术"的区分，包括"艺术"的内涵，并非初始就已固定明确，而是经历了复杂的变迁演化。在此我们省去繁复的史料考证，尽量简而言之。

从历史演进看，《论语》所讲的"游于艺"特指周代贵族子弟所受的六艺之教，即礼、乐、射、御、书、数，皆讲求技巧，并注重身心整体素养的提升，亦含审美性和娱乐性。春秋战国时期，"道术将为天下裂"，王官之学分离，诸子之学兴起，方术之士遍行天下。汉代确立儒家正统地位，经学成主导思想，诗赋虽被视为小道，但司马相如、枚乘之徒渐受重视，后汉时亦有不少士人以书画名世。六朝时期玄风大炽，文史之学勃兴，诗、文、书、画、琴等文艺形式大盛，成为文人士夫必备的文化素养，中国艺术体系大致奠基。经唐宋六百余年，文人愈加成为社会主导力量，在其艺术实践中不断有新的形式加入，中国艺术体系日趋丰富。

需要说明的是，六朝以来，形成了经、史、子、集四部图书分类体系。经为政治所本，修身所凭，地位最尊；史关乎前代兴亡，可为治国提供镜鉴。文人士夫，皆需通经明史，在其文化修养中，经史之学最为重要。经史之外，诸子百家亦需博览。文学在古代有文章和学术二义，六朝时期，富有审美性与抒情性的诗文地位凸显，曹丕高扬文章乃"经国之大业，不朽之盛事"[1]，《文心雕龙》和《昭明文选》两部巨著的出现，更提升了诗文的位置。诗赋文章与经史

---

[1] 魏宏灿校注：《曹丕集校注》，安徽大学出版社2009年版，第313页。

之学关联甚切,与修齐治平密不可分。因此相较而言,诗文地位要高于琴棋书画,后者常被视为"杂艺",意在闲暇之时陶冶性情。不过它们之间并无明确分野,尤其宋元之后,诗书画往往融合一体。大致说来,中国艺术体系以文人为中心构建[①],可包罗如下方面:

1. 以琴、书、画、印为代表的雅艺术

在《四库全书总目》中,"艺术"类图书,主要包括琴、棋、书、画、印五种,尤以书画为大宗,于此可见它们在文人艺术实践中的核心地位。在此,我们将棋归为游艺之列。琴在汉代已然兴起,被赋予了道德教化意味,所谓"琴者,禁也,所以禁止淫邪,正人心也"[②],"琴德最优"[③]。六朝时期,琴的审美意味大为凸显,成为士人排遣孤愁、怡养性情的重要工具,"衣冠子孙,不知琴者,号有所阙"[④],自此琴成为文人必备文化修养之一。书画同样在六朝时期兴盛,由

[①] 同样需要说明的是,我们认为中国艺术体系以文人为中心,是基于历史的事实,并不否认宫廷艺术、宗教艺术、民间艺术和民族艺术的重要性。实际上,它们之间并非泾渭分明,常有互动关系。

[②] (清)陈立撰,吴则虞点校:《白虎通疏证》卷三《礼乐》,中华书局1994年版,第125页。

[③] (汉)桓谭撰,朱谦之校辑:《新辑本桓谭新论》卷一六《琴道篇》,中华书局2009年版,第64页。

[④] 王利器:《颜氏家训集解》,中华书局2014年版,第557页。

于书法兼具实用性和审美性，地位更为凸显，书家辈出。绘画亦在此时盛行，初始人物画占据高位，至宋元时期，山水画成为主流。印在元代进入艺术体系，与诗书画合为一体，这四者的创作与欣赏，皆需要较高的文化素养。

2. 以戏曲为代表的俗艺术

元代戏曲繁盛，大批文人参与创作，降至明清，佳作迭出，影响甚大，成为中国艺术的重要形式。这里说戏曲是"俗"艺术，是因其面向大众，在用语和取材上需考虑受众的接受程度。不像书画，更多是文人之间的酬和，接受者集中于好友同道。其他如散曲、山歌、舞蹈，亦应归入此列。

3. 以棋为核心的游艺

围棋是颇具中国特色的游艺项目，先秦时即已出现，六朝时期众多文人沉迷其中，遂有"手谈""坐隐"之称，被视为"雅戏"。棋与琴、书、画并称，成为文人必备技能。除围棋外尚有众多游艺形式，《颜氏家训》"杂艺"中所记，还有大博、小博、投壶、弹棋等。其他如典籍中所记的博塞、象经、樗蒲、打马、双陆、打球、彩选等，与围棋性质相类，皆在游艺之列，其中大量形式已失传。

4. 玉、石、香、花、茶等文房雅好

上古时期就备受重视的玉，唐代文人开始大量赏玩的石，宋元以来广受文人青睐的香、花、茶等雅尚，陶瓷、鼎彝、文房等玩好，常与琴棋书画同陈并置，出现在中国文人日常生活中。如南宋赵希鹄所著《洞天清录》，记载对古器物的鉴别，涉及古琴、古砚、古钟鼎彝器、怪石、砚屏、笔格、水滴、古翰墨真迹、古今石刻、古今纸花印色和古画等诸多类型。明代高濂《遵生八笺》之"燕闲清赏笺"所涉内容更为繁多，除上述诸类，还有香、花、茶、瓷器、玉器、漆器等，皆为文人悦目赏心、怡情养性之物，多置园林或书斋之中。后汉以来，园林与书斋就大受文人关注，亦应纳入艺术范畴。

需要指出的是，《晋书》《周书》《隋书》等史书的"艺术列传"或"术艺列传"，所涉最多的方技术数，如阴阳、历算、占筮、相面之属，因其意在"决犹豫，定吉凶，审存亡，省祸福"[1]，且事涉神秘，难以形求，无论在功用还是技术上皆与琴棋书画等相去较远，非文人日常所从事，《明史·艺文志》中"艺术类"以及《清史稿》"艺术传"，已将书画作为主要内容而将此类方术排除在外。

显然，中国传统艺术体系包罗甚广，非西方艺术体系所能涵盖。与此相应，中国艺术的审美感知亦有独特之处。

---

[1]（唐）房玄龄等：《晋书》，中华书局1974年版，第2467页。

西方美学将视觉和听觉视为审美感官，且更突出视觉的重要意义。英国美学家夏夫兹博里认为人有内在的审美感官，他称之为"内在的眼睛"[1]。英国文学家艾迪生说："我们一切感觉里最完美、最愉快的是视觉。"[2]均将视听之外的其他感觉视作与肉体欲望有关的低级感官加以排斥。中国传统迥异于此。对于中国艺术的观赏，强调多感官参与，全身心投入。视听固然重要，味觉、嗅觉、触觉亦不可少，"色""声""味"常常并称，甚至对味觉给予特别强调，相比其他感觉，味觉具有一种基础性和本体性地位[3]，中国艺术讲究滋味、韵味、趣味、神味，需要体味、玩味、品味、回味，等等。

以中国画为例，它不仅是视觉的艺术。欣赏画中的内容，更需多种感官的参与。卷轴形式的中国画，卷舒铺展之间，手指感受绢或纸的轻柔，鼻息享受古墨的清香。传神的绘画，能令观者体验到山川烟峦之润（触觉），听到摇动林树之风（听觉、触觉），看到人物顾盼转折之情（视听），感觉花鸟若飞若鸣（视听）、若香若湿（嗅觉、触觉）。更重要的是，在艺术欣赏过程中只靠外在感官是不够的，强调心的投入、神的参与，因此中国艺术推崇"心领神

---

[1] 北京大学哲学系美学教研室编：《西方美学家论美和美感》，商务印书馆1980年版，第95页。
[2] 伍蠡甫主编：《西方文论选》上卷，上海译文出版社1979年版，第566页。
[3] 参见贡华南《味与味道》，上海人民出版社2008年版。

会""神与物游"。其他艺术形式亦如此,玉、瓷等器物,不仅观赏其形质色泽,亦要摩挲把玩,感受其细腻温润;中国的香品种纷繁,气味各具特色,需灵敏的嗅觉方可分辨,"悟入香妙,嗅辨妍媸"[①];茶亦如此,不同的产地和采摘季节,不同的制作方式,不同的水源和茶器,不同的人泡和品尝,不同的火候,不同的品茶氛围,色、香、味都会有微妙差异,需要极高明的味觉和嗅觉加以分辨。

实际上,中国传统艺术多与日常生活交融,构成有机整体。如一间典型的书斋,墙上悬挂书画,架上插有图书,几上横置古琴,案上摆放盆景、瓶花、玉器、陶瓷及文房等物。三两好友,焚一炷香,对坐清谈、弈棋、品茗、抚琴。[②]这些艺术的感受,自然需要动用多种感官并且全身心投入。西方艺术以绘画、雕塑和音乐为大宗,对它们的欣赏,需要进入美术馆或音乐厅等特定空间之中,所以强调相对单一的视听,若以此来规范中国艺术,不免方凿圆枘。

---

① (明)高濂编撰,王大淳校点:《遵生八笺》,巴蜀书社1992年版,第621—622页。
② 如《小窗幽记》卷五"素"所谓:"余尝净一室,置一几,陈几种快意书,放一本旧法帖,古鼎焚香,素麈挥尘。意思小倦,暂休竹榻。饷时而起,则啜苦茗。信手写汉书几行,随意观古画数幅,心目间觉洒空灵,面上尘当亦扑去三寸。"〔(明)陈继儒等著,罗立刚校注:《小窗幽记(外二种)》,上海古籍出版社2000年版,第70页〕

（二）中国艺术家及艺术精神的独特性

"艺术家"概念，和"艺术"类似，是西方近代以来的产物。在古希腊、古罗马和中世纪，从事绘画、雕塑、建筑等职业的艺术家是以体力谋生的手工艺人，地位卑微。文艺复兴时期，艺术家大多出身手工业者家庭，在作坊工作，分属各行会组织，接受来自教会或赞助人的订单。不过，14—16世纪，随着人文主义者深度参与艺术活动，艺术家地位逐渐上升，创新、想象、风格、天才、灵感等观念日渐突出。16世纪开始出现现代意义上的艺术学院，成为培养艺术家的场所。[①]可以看出，在西方，无论是手艺人还是艺术家，无论是出身传统作坊还是现代学院，艺术皆为相对固定的职业。

在传统中国情况大不相同。固然存在与西方类似的职业艺术家，如活动于民间的各类手工艺人，供奉于宫廷的画家、书法家、建筑师等，但真正占据主流的艺术家是文人士夫。在士农工商的社会结构中，士人高居顶端，受人尊崇，而手工业者则地位较低，不及农民。理想的士人在朝为官，以修齐治平为务，学通经史子集，兼擅

[①] 参见刘君《从手艺人到神圣艺术家：文艺复兴时期意大利艺术家阶层的兴起》，商务印书馆2018年版。

诗文书画，具备高超的文化素养和艺术情趣。琴棋书画是其寄兴抒怀的娱乐之具，如果专门为之，或因偏精某门技艺而掩盖其德行文章等更重要的方面，往往为人不齿。颜之推在家训中谆谆告诫子孙，书画诸艺微须留意即可，不可太过精通，否则"夫巧者劳而智者忧，常为人所役使，更觉为累"[1]。欧阳修亦感叹，自己学书"初欲寓其心以消日，何用较其工拙，而区区于此，遂成一役之劳，岂非人心蔽于好胜邪"[2]！

中国传统认为，言为心声，书为心画，艺术作品能够映照出创作者的内心世界，所以不似西方那样强调艺术家的天才和独创，最看重艺术家的人品，此乃历代之共识。宋人郭若虚说："窃观自古奇迹，多是轩冕才贤，岩穴上士，依仁游艺，探赜钩深，高雅之情，一寄于画。人品既已高矣，气韵不得不高，气韵既已高矣，生动不得不至，所谓神之又神而能精焉。"[3]明人杨维桢指出："画品优劣，

---

[1] 王利器：《颜氏家训集解》，中华书局2014年版，第537页。

[2] 华东师范大学古籍整理研究室编选：《历代书法论文选》，上海书画出版社1979年版，第309页。

[3] （宋）郭若虚著，俞剑华注释：《图画见闻志》，上海人民美术出版社1964年版，第17—18页。

关于人品之高下。"①清人松年亦强调"书画清高，首重人品"②。近人陈师曾总结文人画四要素：人品、学问、才情、思想。首推人品，接下来是读书，亦即学识。③古人区分文人画和院体画、士夫画和作家（画工）画，扬前抑后，除了前者映出文人的高怀别致，还在于其透着书卷气，显出画家的学问。至于天才和创造性，虽亦讲求，但并不过多强调。中国艺术，尤其是文人艺术，不追求甚至刻意贬低炫目的形式和精熟的技巧，而是强调"以形写神""气韵生动""技进乎道"，体现了中国艺术精神的独到之处。

中国文化以儒道禅为主干，尤其是儒道两家，对中国艺术影响至深。儒家的理想，是以礼乐化成天下，形成上下相安、和谐有序的社会秩序。它注重艺术对于完善人格的养成，主张以礼节情，强调艺术的伦理价值，要求美善合一。儒家对于中国艺术精神有重要影响，特别是宫廷艺术、民间艺术以及面向公众的戏曲、小说等通俗艺术，皆突出艺术的道德教化意义，在精神取向上大多中正平和、温柔敦厚，不过分宣泄情感。

---

① （元）杨维桢：《图绘宝鉴序》，载卢辅圣主编《中国书画全书》第二册，上海书画出版社1993年版，第847页。
② （清）松年著，关和璋注评：《颐园论画》，人民美术出版社2018年版，第20页。
③ 参见陈师曾《文人画之价值》，载《中国绘画史》，上海书画出版社2017年版。

道家，特别是庄子以及受庄子影响的禅宗，更注重个体精神的自足。它并不脱离现世，只是转向内心，在虚静恬淡的状态中，超脱俗谛的桎梏，纵意宇宙之表，达成心灵逍遥，从而体悟妙道，与天地合一。庄子思想深契文人艺术精神。文人艺术不在传达对象之外形，而是通过外形的描摹抒发自己的逸兴雅趣，体悟作为本体性存在的宇宙生机（妙道、天趣、神、气韵）。文人画"逸笔草草，不求形似"[①]，"聊以写胸中逸气耳"[②]；书法"贵质，不贵工；贵淡，不贵艳；贵自然，不贵作意"[③]；造园"虽由人作，宛自天开"[④]；品茶"有真香，有真色，有真味"[⑤]……"逸""淡""真""自然"等语，皆自庄学出。此种艺术精神在传统中国神完气足，六朝时期引进的中亚绘图，明清两代传入的西洋画法，虽偶有时人称赏，但更多被视为徒具形似的浅技末流。

简言之，中国艺术精神，与在不同阶段含蕴着科学精神、理性

---

① （元）倪瓒：《清閟阁集》，西泠印社出版社 2010 年版，第 319 页。
② （元）倪瓒：《清閟阁集》，西泠印社出版社 2010 年版，第 302 页。
③ （明）汤临初：《书指》，载卢辅圣主编《中国书画全书》第四册，上海书画出版社 1993 年版，第 795 页。
④ （明）计成撰，陈植注释：《园冶注释》，中国建筑工业出版社 1988 年版，第 51 页。
⑤ （明）张源：《茶录》，载叶羽主编《茶伴书香（茶经·茶书集成）》，黑龙江人民出版社 2001 年版，第 147 页。

精神、批判精神的西方艺术精神大异其趣。因此，欲明中国艺术精神，必须深入中国文化的内部，精研传统之思想，仅以西方艺术理论来解读，难得其要领。

（三）中国艺术范畴的独特性

中国艺术中存在大量独特范畴。由于古汉语的凝练和多义性，这些范畴的含义微妙，很难清晰界定，彼此互有关联，普遍应用于各艺术门类的创作、鉴赏与批评。

第一类范畴关乎艺术的根源，如道、气、神、真、理、自然，大多出自道家，与气化论的宇宙观关联密切。道是最高的存在，由道生出混元之气，气分阴阳，二者化生万物，自然是万物的本然状态（真）。"艺者，道之形也"[1]，"艺之至者，多合乎自然，此所谓道"[2]。艺术创作就是要探求大道的根本，而高超的艺术作品则能与道相合。

第二类范畴涉及艺术作品的构成，如形体、笔墨、骨法、章法、神气、神情、神采、气韵、意气、意象、意境。这些范畴，可用"形

---

[1] （清）刘熙载撰，袁津琥校注：《艺概注稿》，中华书局2009年版，第1页。
[2] 《黄宾虹自述》，文化艺术出版社2006年版，第18页。

神"二字概括。此种观念体系,源自人物品藻,由人物审美扩展至艺术作品。人物品藻是六朝突出的文化现象,形神并重,但更重视人物的神情风度。绘画所讲求的"以形写神""气韵生动",作品注重的神采、意境,莫不与此有关。

第三类范畴涉及艺术作品的高下品第,如神、逸、妙、能。对某类对象进行分品定级,自先秦就已发生,如孔子将人的资质分成上、中、下三等,六朝以降,三品、六品、九品的等级分类在艺术批评中颇为常见。此外,神、逸、妙、能的四分法大量出现于唐宋绘画批评之中,而明清戏曲批评在四品之外又补充了艳品和具品。

第四类范畴表达的是艺术作品的风格特色,如含蓄、清逸、疏野、质朴、天然、古雅等。此类范畴众多,唐司空图《二十四诗品》描述了 24 种诗歌风格,清黄钺比拟此书,写出《二十四画品》,包括气韵、神妙、高古、苍润、沉雄、冲和、澹逸、朴拙、超脱、奇辟、纵横、淋漓、荒寒、清旷、性灵、圆浑、幽邃、明净、健拔、简洁、精谨、俊爽、空灵、韶秀。明徐上瀛《溪山琴况》,以 24 个字概括琴之兴味:和、静、清、远、古、淡、恬、逸、雅、丽、采、洁、润、圆、坚、宏、细、溜、健、轻、重、迟、速。此类范畴的解释大多是意象式和联想式的,彼此之间有微妙的差异和关联。

第五类范畴表达的是艺术家或欣赏者的心理状态,如虚静、感兴、神思、神会、兴致、体味、妙悟等。艺术创作需要情感的酝酿,或触景生情，或睹物思人，一时兴起神到，产生强烈冲动，方可进行创作。创作时，解衣盘礴，精神高度集中，心中一片虚静，摒弃尘世之想，意在笔先，胸有成竹，如是挥毫泼墨，才能产生佳作。对艺术的欣赏亦要类似态度，需凝神遐想，体味作品之情态韵致，妙悟其本。在获得审美享受的同时，心灵得到洗涤和升华。

以上分类是大概言之。实际上，这些范畴彼此勾牵，常一语多义。如"自然"，既有本体论意味，又可作为高卓的艺术境界，还可表达艺术风格，亦可表明一种艺术精神。这正是中国艺术范畴的魅力所在。这些范畴大多为中国文化所独有，体现着独特的艺术经验，绝难译成外文，更难用西方艺术理论的既有概念解释和说明。

（四）现代中国艺术经验的独特性

中国近代遭遇的挑战，不同于传统的外族入侵。一方面，远航而来的列强，在其坚船利炮背后是工业技术，是物理化学，最后是解释万事万物的近代哲学体系；另一方面，坚船利炮又意味着海军陆军，背后是动员机制，是财税制度、工商产业和市民社会，最后是近代民族国家。所以，李鸿章将中国的近代危机称为"三千年未有之变局"。古典文明正在崩溃，其前景是"两个中国"：或者从一个中央帝国沦为殖民地，或者从一个封建社会进步为一个现代文明国家。"半封建半殖民地",正是这两种前景、两种道路彼此纠结、相互斗争的不稳定的、过渡的历史阶段。

为应对大危机,需要进行最广泛的社会动员,既包括政治的动员,也包括情感的动员。实际上,从1902年梁启超发表《论小说与群治之关系》,文艺便已经被赋予不同于传统的使命。在20世纪的大多数时间,救亡和革命是主旋律,关系到每个人的命运。因此,现代中国的文艺与政治密不可分,有其深刻的历史背景和根源,由此也形成了20世纪以质朴、刚健、高亢为基本风格的革命文艺——质朴源自其阶级属性,刚健是由于长期的战争环境,高亢则出于一种由特定世界观和历史观所支撑的理想主义。这种风格的革命文艺拥有一大批杰作,可以说构成了文艺史上的一个创作高峰期。

基于现代中国历史进程的独特性,现代中国的艺术经验也必然是独一无二的。即使完全是西洋舶来的艺术形式,也必然会经历充分的改造和创新。这方面,芭蕾舞剧《红色娘子军》可称典范。自20世纪初芭蕾艺术传入中国,到1964年创作出这部民族化的中国芭蕾舞剧,可以说一经面世即成经典,不仅是中国的经典,也是世界的经典。芭蕾诞生于路易十四的法国宫廷,用这种惯常演绎仙女与王子浪漫优雅故事的古典形式表现激昂的中国革命题材,体现出现代中国历史进程对芭蕾艺术的重新铸造。这种"重新铸造"贯穿于这部芭蕾舞剧的全部细节,如舞蹈、音乐、服饰、道具、舞美等,更不必说主题、人物和故事情节。舞蹈大量使用了传统戏曲、武术和民族舞等资源[1]，如琼花在第一幕开场时以"足尖弓箭步"亮相，即融合了芭蕾（足尖）与中国民族舞（弓箭步），以塑造其坚毅机警的性格；还有用高举的双拳来改造和取代优美柔和的传统芭蕾手位，以革命化的芭蕾语汇，表达其愤怒刚烈的内心；而女战士双手高擎手榴弹，"倒踢紫金冠"的激越舞姿，更是现代中国人民奋斗史的艺术表征。可以说，芭蕾舞剧《红色娘子军》是"古为今用、洋为中用"的典范之作，也把源自欧洲的芭蕾艺术提升到一个全新境界。这种现代中国独特的艺术创新，出自迥异于西方的历史环境和历史阶段，当然会期待与之相匹配的中国化的理论创造和阐释。

三、中国艺术学百年学术历程的回顾与反思

19世纪末，思想界积极引入西方学说，开始了"旧学"向"新知"的过渡和转变。经史子集让位于现代分科体系，传统中国的艺术理论与作为现代学科的艺术学相融合，揭开了新的一页。

---

[1] 姬毓：《芭蕾舞剧〈红色娘子军〉肢体语言特征分析》，《戏剧之家》2017年第6期。

(一) 20世纪初期：艺术学的引进与古典理论的现代转化

从20世纪初到二三十年代，主要源自德国的艺术学落地于中土，以王国维、宗白华为代表，人们借鉴西方理论，阐释传统资源，初步奠定了现代中国艺术学的基础。

1904年，王国维运用西方艺术理论和美学，结合传统范畴对中国各类艺术进行概括："宫观之瑰杰，雕刻之优美雄丽，图画之简淡冲远，诗歌音乐之直诉人之肺腑，皆使人达于无欲之境界。"[1] 他以建筑、雕刻等西式艺术分类重新结构中国艺术，同时以"瑰杰""雄丽"和"简淡冲远"等范畴把捉中国审美经验的独特性，进而看到中西艺术的根本差异，强调宋元后绘画之淡远幽雅，"实有非西人所能梦见者"[2]。1907年他在《古雅之在美学上之位置》中提出，"一切之美皆形式之美"，而美的形式有三，即优美、宏壮和古雅，且"优美及宏壮必与古雅合，然后得显其固有之价值"，同样是将西方美学与中国审美体验相结合。之后，他借助西方式的

---

[1] 王国维：《孔子之美育主义》，载王国维原著，佛雏校辑《王国维哲学美学论文辑佚》，华东师范大学出版社1993年版，第255页。

[2] 王国维：《孔子之美育主义》，载王国维原著，佛雏校辑《王国维哲学美学论文辑佚》，华东师范大学出版社1993年版，第257页。

逻辑架构，以"有我之境""无我之境"两大命题剖析中国式审美体验，对传统"境界"说进行了再创造，开启古典艺术理论和美学的转型与重建。[1]

王国维在古史、古文字、文艺史和艺术理论诸方面均有开创之功，相比而言，留学德国的宗白华则专研于艺术和美学。1920年，宗白华受马克斯·德索等人影响，提出"美学是研究'美'的学问，艺术是创造'美'的技能"[2]。1925年，他倡导艺术学科，提出"盖艺术除美的实现之外尚有其他各种美以外的价值……故艺术学之研究对象不限于美感的价值，而尤注重一艺术品所包含、所表现之各种价值"[3]，精当地界定了艺术学与美学的区别。而他的中国绘画理论研究更为深入系统，《介绍两本关于中国画学的书并论中国的绘画》（1934）、《论中西画法的渊源与基础》（1936）和《中西画法所表现的空间意识》（1936）等，以开放的视野面对世界并回溯传统，构建符合中国经验的理论框架。他主张"求美学上最普遍的原理而不轻忽各个性的特殊风格"[4]，通过与世界沟通而激活本土话语，实现了传统的更新。他围绕"意境"展开的画学理论，在

---

[1] 参见周锡山编校《王国维文学美学论著集》，北岳文艺出版社1987年版，第37页。
[2] 《宗白华全集》第一卷，安徽教育出版社1994年版，第187页。
[3] 《宗白华全集》第一卷，安徽教育出版社1994年版，第557、558页。
[4] 宗白华：《美学散步》，上海人民出版社1981年版，第122页。

方法上区别于思辨色彩的西方逻辑，继承了传统的直观感悟，同时强调语言表达的空灵与诗性。

此外，马采对艺术学的介绍和倡导，丰子恺"一打艺术"的体系构成[①]，也从不同角度促成了传统形态艺术理论的现代转型。

（二）延安时期：民族化、大众化的话语体系之形成

与前一时期侧重从学理层面引入西方理论、尝试融合中西、对中国艺术经验进行创造性阐释不同，延安时期另辟蹊径，一方面努力将马克思主义中国化，另一方面由阶级政治走向民众艺术，探索出文艺和文艺理论本土化的另一条道路。

1938年，毛泽东首次提出"使马克思主义在中国具体化"的命题，同时倡导理论话语的中国作风和中国气派。这一努力在文艺领域最终体现为毛泽东1942年《在延安文艺座谈会上的讲话》。"讲话"将文艺作为面向抗战军民的情感动员乃至政治动员的手段，同时明确了文艺民族化、大众化的方向。此后周扬编选《马克思主义与文艺》（1944）一书，按照意识形态的文艺、文艺的特质、文艺与阶级、无产阶级文艺和作家批评家等五个专辑，选录了马克思、

---

① 参见丰子恺《艺术修养基础》，香港文化供应社1946年版，第14页。

恩格斯、普列汉诺夫、列宁、斯大林、高尔基、鲁迅及毛泽东有关文艺的论述，马克思主义文艺理论体系初现端倪。延安时期，应战时文艺人才培养的需要，鲁迅艺术文学院设立了文学、戏剧、音乐、美术四部门，涵盖多个艺术门类、综合性的艺术学科建制初具规模。①

延安时期，艺术实践领域取得了更显著的成绩。1945年，鲁艺尝试"新的艺术实验"②，排演了歌剧《白毛女》，成功地将民间戏曲、民歌素材、民族调式及民族特色的演唱形式，与歌剧这种西洋艺术体裁完美融合，创造了中国现代文艺史上的典范之作。这些文艺实践，对民族民间艺术进行了深入挖掘与再创造，形成了革命中国独特的艺术经验。

（三）新中国初期：艺术学科规划的奠基性贡献

新中国成立初期，在延安奠定的学科建制基础上，通过合并、创建等方式，设立了各艺术门类的科研、创作、管理、教育及出版机构。例如50年代相继成立了中国戏曲研究院（1951）、中国绘

---

① 参见王培元《延安鲁艺风云录》，广西师范大学出版社2004年版，第8页。
② 1945年2月23日《解放日报》谨慎地称鲁艺的这次创作为"新的艺术实验"。

画研究机构（1953）、中央音乐学院民族音乐研究所（1954）等研究机构，为新的学术生产提供了充足动力。

1956年，人文社科研究被纳入国家规划。1958年，经过两年多讨论和修订的《1956—1967哲学社会科学规划纲要》（修正草案）原则上通过，其中规定了各学科在此期间应关注的问题和需完成的著作。值得关注的是，艺术学作为一门独立学科，与哲学、文学等15个学科并列。

在"十二年"规划期中，艺术学问题主要分四部分，第一、三、四部分分别讨论中国近现代艺术、中国和苏联及世界各国的艺术交流、世界艺术遗产和现代进步艺术。比较而言，第二部分"中国的艺术传统"篇幅最长也最为周全细密，是学科规划的重中之重。该部分按戏曲、电影、舞蹈、音乐、美术、建筑六类排列，涵盖史论研究的方方面面。以戏曲为例，规划要求对中国戏曲史（断代史如宋元南戏、元杂剧、明清传奇等；专题研究如历代上演剧目、化妆服装、声腔流变等）、中国戏曲特点及演出形式、戏曲音乐的形式和结构、相关表演艺术、汉族剧种和少数民族戏剧研究及戏曲改革等多项内容进行研究。其他五个艺术门类也按这种方式进行规划。

艺术学在"十二年"内要完成的著作主要有历史、概论、辞典、志书、译著五大类。如艺术史方面，不仅要完成中国戏剧史（戏曲、话剧）、中国古代近代和现代音乐史、美术史以及中国建筑史、中国电影史、中国舞蹈史等，还要完成作为分支领域的戏曲文学史、戏曲演出史、服装史、中国乐律史、乐器史、绘画史、版画史、工艺美术史、曲艺史、雕塑史等。概论则包含戏剧、戏曲、电影学、舞蹈、音乐、美术、工艺美术、曲艺等多个学科。此外，还要编成各门艺术辞典的初稿，完成各类志书史料的整理编撰、各类艺术调查报告以及编译各国各类艺术著作。[1]总之，规划中的艺术学学科体系已颇具规模。

由于种种原因，该规划并未正式公布，但规划中的工作仍在循序进行。如张庚、郭汉城主编的《中国戏曲通史》初稿完成于1958—1961年，程季华、李少白、邢祖文编著的《中国电影发展史》于1963年出版，杨荫浏著《中国古代音乐史稿》（上、下册）于1964年出版，汪毓和编著的《中国近现代音乐史》也在同期完成了初稿，等等。这些工作对80年代以后艺术学科迅速恢复活力并蓬勃发展，起到了重要的基础性作用。

50年代中后期，美学大讨论引起广泛关注，主要是从认识论角度讨论美的本质问题，不过，艺术作为美学的重要研究对象，同样得到了研究。如李泽厚《略论艺术种类》谈艺术的各个门类，包括实用艺术、表情艺术、造型艺术、语言艺术和综合艺术，今天看

---

[1] 参见1958年印制的《1956—1967哲学社会科学规划纲要》油印本，第31—35页。

来仍是一篇相当有分量的文章。另外，王朝闻主编的《美学概论》也在60年代初开始编写，1981年出版后影响极为广泛。

不过从总体来看，这一时期的理论研究相对滞后。如前文所引1956年8月24日毛泽东同音乐工作者谈话，提出"问题是讲不大出来，因为没有多研究"，就是他从中国艺术的独特经验中得出的感悟。但是，当时的学界还缺少足够的理论准备，要讲出中国艺术经验包含的独特"道理"还有待于未来。

（四）新时期以来：艺术学科的全面启动与中国化之路的探索

进入80年代，受"美学热"影响，以一般美学原理的结构和概念简单套用于各门类艺术，如戏剧美学、电影美学、音乐美学、舞蹈美学等成为一种风尚。随着"美学热"退潮，各门类艺术美学也逐渐趋于沉寂。

与此同时，中国艺术研究还存在另一条道路。70年代中期，国务院对文化部系统的戏曲、音乐、美术、舞蹈、电影等研究机构和人才资源重新整合，组建文学艺术研究所，1980年定名为中国艺术研究院，成为艺术门类最为齐全的国家级艺术科研机构。中国艺术研究重新接续50年代的艺术学科规划，开始构建中国艺术研究的学术体系。

例如，1981年，张庚、郭汉城先前主编的《中国戏曲通史》经修订后正式出版。该著一方面整合王国维等前代学者的研究成果，一方面融入最新学术观念和研究方法，以"戏曲的起源与形成""北杂剧与南戏""昆山腔与弋阳诸腔戏""清代地方戏"四编内容系统梳理戏曲发展的脉络；每编的综述部分以唯物史观分析特定时期社会历史状况对戏曲的影响，作家作品部分则从舞台演出角度辨析剧作在思想和艺术上的长短得失，然后以专章介绍各时期不同戏剧类型或剧种的舞台艺术特点；根据史料详述其音乐、表演、舞台美术等方面的样态，突破了以往戏曲史只重文本、不重舞台的局限，凸显出理论联系实际的研究特色。全书以史为经，以艺为纬，建构出既富于民族特色又合乎现代学术规范的戏曲史体系。此后，本着"论从史出，史论结合"的学术理念，他们又于1988年完成了《中国戏曲通论》。这一论著立足中国文化，从"中国戏曲与中国社会""中国戏曲的人民性""戏曲的艺术形式""戏曲的艺术方法""戏曲文学""戏曲音乐""戏曲表演""戏曲舞台美术""戏曲导演""戏曲与观众""戏曲的推陈出新"11个方面全面总结戏曲艺术规律，形成了具有学术引领作用且贴合创作实践的中国戏曲理论体系。其中"戏曲的艺术形式"部分所论及的戏曲"诗、乐、舞综合"的特征及"戏曲形式的节奏性""戏曲形式的虚拟性""戏曲形式的程式性","戏曲的艺术方法"部分所论及的"戏曲意象""再现基础上的表现"的戏曲艺术实质,"戏曲文学"部分所论及的"剧诗","戏曲表演"部分所论及的"表演程式""角色行当""舞台体验","戏曲舞台美术"部分所论及的人物造型的"可舞性""装饰性""程式性"及舞台时空自由灵活变化的特性等问题,结合民族美学特点概括戏曲艺术的创造规律,为学术界所公认,成为戏曲理论研究和评论的通用话语。同期,在张庚指导下,全国数千名戏曲工作者历经17年,编成3000万字30卷本《中国戏曲志》。这个系列成果是对《中国戏曲通史》和《中国戏曲通论》的有效补充,它借鉴并发展了传统的方志理论,细致记录各地戏曲剧种在历史中的兴衰起落、发展变化,描述不同剧种的艺术特征和文化内涵,为戏曲研究开辟出更广阔的天地。经过以张庚、郭汉城为首的学术团队的努力,最终形成史、论、志三位一体的戏曲学术格局,为民族化、现代化的中国戏曲研究体系的构建奠定了坚实基础。

同期稍后,艺术学基础理论建设在另一层面进行。1987年,德索的名著《美学与一般艺术学》(*Ästhetik und Allgemeine Kunstwissenschaft*)中译本《美学与艺术理论》出版;1988年,李心峰发表《艺术学的构想》[1]一文,回顾艺术学的诞生和历史,对

---

[1] 李心峰:《艺术学的构想》,《文艺研究》1988年第1期。

艺术学学科架构进行了设计和论证；1995年，张道一主编《艺术学研究》出版，1997年又发表《关于中国艺术学的建立问题》[①]一文；1997年彭吉象主编《中国艺术学》出版；1998年凌继尧发表《艺术学：诞生与形成》[②]，为我国的艺术学研究提供理论参照和史料线索。这些论著为中国艺术学的学科发展打下了良好基础。

学科制度建设也在推进。1982年，张庚在哲学社会科学的相关会议上提议将艺术学作为全国哲学社科规划的单列课题；1984年，根据全国哲学社科规划领导小组在制定国家"六五"时期科研规划中关于艺术学科单立门类的决定，文化部成立了全国艺术科学规划领导小组及办公室，下设戏剧、音乐、美术、舞蹈、电影、曲艺分学科规划领导小组。[③]艺术学项目的单列，在国家科研规划机制层面承认了艺术学学科的整体性和独立性。2011年，艺术学成为同哲学、经济学、历史学、文学等并列的学科门类，综合性的艺术学学科在中国的学科制度中正式确立。

新时期以来，在中国艺术学，尤其是戏曲、音乐、美术等艺术门类的史论研究领域涌现出一批优秀著作，它们以史带论，理论

[①] 张道一：《关于中国艺术学的建立问题》，《文艺研究》1997年第4期。
[②] 凌继尧：《艺术学：诞生与形成》，《江苏社会科学》1998年第4期。
[③] 参见李若飞《20世纪80年代艺术学理论学术范式探析》，《艺术学研究》2019年第3期。

联系实际,努力贴近中国式的艺术经验,形成了重要的学术特色和传统。不过,这种具体艺术门类的学术特色和传统仍有待上升到更高的艺术学理论层级,获得更为明确的理论自觉。更重要的是,目前中国艺术学面临着诸多不容回避的问题,如对中国传统艺术的认知仍然不足,探索不够,基础理论研究有待加强;过于倚重西方理论和话语,使得研究隔靴搔痒甚至故弄玄虚;对众多富有中国特色、体现中国精神的艺术范畴和观念缺少阐发,本土话语体系建设薄弱;对中国现当代艺术经验缺乏深入体认,理论脱离实践,阐释力不足;等等。有鉴于此,"三大体系"建设势在必行。

四、"三大体系"内涵及未来中国艺术学设想

习近平总书记《在哲学社会科学工作座谈会上的讲话》中明确提出了"三大体系"建设的主张,即建设以马克思主义为指导的中国特色哲学社会科学的学科体系、学术体系、话语体系。这一纲领性论述包含许多需要进一步阐发的重要内涵。需要指出的是,"三大体系"建设并非一般性的研究,而是基础性研究,具有鲜明的理论性和综合性特点,一些基本概念,例如"三大体系"的内涵及其相互关系,需要专门进行探讨和辨析。

学术体系是"三大体系"的核心和基础。学术或学术研究,就

是用系统化的知识和理论认知世界，所谓"学术体系"是指围绕一个重大主题（如"中国艺术"）所形成的相互关联、相对完整的一系列知识和理论，其中的关键或"硬核"，是一系列起支撑作用的基本观点、见解、判断及它们之间所形成的学理关系和结构。中国艺术学的学术体系建设需要量体裁衣——量中国艺术经验之"体"，裁中国化的艺术学理论之"衣"，这首先需要真正体察和洞悉中国艺术的性质和特征。

所谓"学科体系"，是按照某种原则和标准对已有的学术体系进行分类、排序和规范，是学术体系制度化的架构和表现形态，反过来又引导和制约学术的发展。学术体系的构建脱胎于主体的特定经验，学科体系的形成同样如此。西方社会科学成熟于19世纪后期，其五大学科（经济学、政治学、社会学、历史学、人类学）的职能是：对市场的研究（经济学），对国家的研究（政治学），对市民社会的研究（社会学），对西方过去的研究（历史学）以及对非西方地区的研究（人类学）。[1] 这显然是依托当时的西方社会结构及其在全球的统治地位，对此必须有清醒的认识。

所谓"话语体系"，是学术体系的语言表达，包括概念、范畴、

---

[1] 参见华勒斯坦等《开放社会科学：重建社会科学报告书》，刘锋译，生活·读书·新知三联书店1997年版，第39—40页。

命题等以及言说它们的方式，是学术体系最表层的部分。反过来，话语又是思想的工具，对于学术观点的形成具有塑造作用。话语体系总是生成于具体的社会文化语境中，或隐或显地包含着特定的价值取向和思想立场。因此，我们使用外来的学术概念、范畴、命题表述本土经验，应保持一种反省、审慎的态度，注意辨别和解析这种话语所包含的那些"异质"的因素，以免干扰和扭曲所要表达的内容。话语体系建设与学术体系和学科体系的建设相辅相成，同样需要针对独特的实践经验。

"三大体系"建设的要求源自时代。近几十年中国社会经济实现了跨越式发展，尤其是 21 世纪以来，文化自信的恢复和提升，对中国的人文社会科学提出了新的要求，其实质就是以中国化的理论解释中国式的经验，进行自主创新的理论生产。这并不是说我们要构建一个封闭、自我循环的解释体系，在全球化时代这既无必要也不可能。我们的原则仍然是"古为今用、洋为中用"，主体仍然是"当下的中国"。因此，不管是出自哪一国的理论，只要被充分改造，从而能够恰如其分地揭示和剖析中国经验与实践，亦即经过足够的中国化，就可以成为"中国理论"的一部分。考虑到中国艺术学"三大体系"建设是一项任重道远的理论工作，从上述立场出发，我们尝试提出以下建议，即中国艺术学"三大体系"建设可从以下五个方面着手：

第一，在制度建设和政策引导方面，可围绕"三大体系"建设，在国家社会科学基金设立专项课题，引导、鼓励艺术学研究界群策群力，在国家设定的相关课题上形成突破，从而带动中国艺术学"三大体系"建设。

第二，在现行艺术学学科中，一级学科设置不尽合理，二级学科全部空缺。建议进一步做出调整和完善，使之更符合中国的实际与未来发展。例如，应避免独具中国特色的戏曲专业在学科目录中消失的情况；又如，可在艺术学理论之下设立作为二级学科的中国艺术学理论，以此推进"三大体系"建设。

第三，深入探讨中国传统艺术及现代艺术经验，包括中国艺术中广泛应用的术语、范畴、观念和理论，分析并提炼其中区别于西方艺术的特点、规律和本质，结合当下艺术实践，构建具有阐释力的中国化的艺术理论体系。

第四，梳理总结自20世纪初王国维、宗白华等以来，包括各门类艺术学科的史论研究如何处理本土实践与西方理论冲突的经验教训，进行整体的或个案的研究，为"三大体系"建设蓄能、奠基。

第五，相关学术期刊可围绕"三大体系"建设及相关话题组织讨论和争鸣，形成一系列理论热点，以此带动学界思考和研究。

建设中国艺术学"三大体系"是一项系统工程，既需要顶层设计，也需要科研的发力，更需要各方力量协同推进。我们相信，只要坚持以马克思主义为指导，立足中国现实，兼收各方成果，深入思考、扎实研究，就一定能够回答新时代对中国艺术学提出的问题，在中国艺术学"三大体系"建设方面有所建树，推动中国文化艺术的发展。

（原载《文艺研究》2019年第12期）

黄河：一部中华民族的伟大史诗

韩子勇

一、作为中华文明温床的黄河

"观乎天文，以察时变；观乎人文，以化成天下。"人是自然之子，自然地理是人类活动的基础。天人关系，在中国文化中是起点也是终极的主题。人类傍水而生、沿河而居，大河文明是文明古国共有的故事模式。但大河不同的特征和个性，又使文明的故事和命运截然不同，需要作一番山河判断。

黄河是中华文明的温床，是中华民族的母亲河。她孕育、流淌的，是一个伟大文明的命运。观察这条河，要放在整个东方文明的大背景下。从采集到农耕、从狩猎到游牧，是早期人类发展的基本线索。在渔猎、采集、游牧向农耕定居的过渡中隐约可见一种转化模式，往往出现在资源条件相对多样的丘陵与平原的交汇区域。在中国，这个区域便是黄河冲出的第二级阶梯边缘——晋陕豫交汇之处，亦即黄河中上游平原、丘陵、浅山、崀塬之地。

黄河两岸的先民仿佛跟随着奔涌河水，夺路而出，鱼跃龙门，冲出中华大地的第二级阶梯，登场亮相。他们"因陵丘堀穴而处"，筑穴而居，躲风避雨，其所处地理空间逶迤曲折，进退有据，左右逢源，顺势而生。随着原始农业在黄河水滋养的黄土地上稳步发展，先民们逐渐走向宽阔平坦之地，"（黄河水）时至而去，则填淤肥美，民耕田之。或久无害，稍筑室宅，遂成聚落"。人类第一次革命是农业革命，农业革命使"游荡的人"变成"聚落的人"、弱小分散不稳定的群变成集中稳定较大的群，发展出定居模式和复杂社会。哪些地方最适合开辟和拓展农业革命？是河流泛滥所形成的冲积扇平原。早期的刀耕火种，更适合这些节理疏松、易于耕耘的土质。在漫长的地质年代，黄河曾夺淮入海，不断泛滥改道，开合冲撞，源源不断地喷洒沉淀重浊的泥水，塑造了地球上北温带最大的冲积扇平原。这浑朴莽莽的大场域，为农业革命创造了得天独厚的条件。

黄河为什么有如此之大的塑造力？这要感谢黄土高原。黄土高原曾经是一片汪洋，西起青海日月山，东到河南洛阳，南至陕西秦岭，北到陕北长城，湖面辽阔，面积有如今的6个渤海之大，可称其为黄土原湖。大约1500万年前，地壳运动使湖盆推升陷落，渐渐形成黄土高原如今的样貌。黄土高原的黄土层厚度普遍达到50—80

米，最厚处可达250米以上。这么厚的黄土是怎么来的？研究界比较一致的观点是"风成说"。"大风从西北起，云气赤黄，四塞天下。"在距今300万至200万年前的第四纪冰期，气候干冷，不息的西北长风掳掠黄土高原以西广阔沙漠和戈壁地区的黄土，吹向东南，飘至这片地区，风力减弱，尘埃落定，年复一年，最终形成黄土高原。

"天地玄黄，宇宙洪荒。"这首千古传诵的《千字文》起首一句，潜意识里表露了黄河流域先民们基因深处的集体心理积淀。类似的传说，还有女娲抟黄土造人和黄帝、炎帝在这一带的活动。这一切，就好像是黄河中上游的先民们天眼初开，面对天地，懵懵懂懂，目之所见正是迷蒙一片的降尘景象：青黑色的天，黄色的风、黄色的土，黄色的风土，于是在旷塬高峁，面朝黄河，唱出这句刻骨铭心的话语。

黄河中上游流域的先民们，最早的时空秩序和底层逻辑是"五行"观念，把天下、把周遭环境、把脚下之地作为观察、沉思、推演的中心与起点。"金、木、水、火、土"的"土"，所对应的首先是黄河中上游区域，是黄土，是天地之中的黄土。这黄土，天地通，正对着天穹中群星拱之的北极星，从而协调四方，璇玑玉衡。

"五行说"出手即是顶天立地的大文章，取象喻理、睃巡天下、思无际涯，最大限度地概括了中华故园的时间、方位、尺度、材料、颜色、结构和样貌。五行相生相克，循序渐进，求中建极，把中国之"中"、天下之中，留给黄色、黄土、黄河中上游这片区域。"宅兹中国"，中原、中庸、中和、大一统……中华先民为自己确定了一个地理和心理的精神原点、坐标及演化的渊薮，萌发衍生出中华民族的多元一体，形成休戚与共的凝聚力、向心力和命运共同体，成为悬升在中国人心灵世界的"万有引力虹"，成为群己合一、家国同构、和谐团结、爱国主义的深沉基础。

"黄河之水天上来，奔流到海不复回。"中国大地西高东低的三级阶梯，为中华民族登高行远、为黄河母亲提供巨大势能。咆哮不息的黄河流过黄土高原，深深切入黄土高原表层疏松的土质，携带的大量泥沙使黄河成为一条泥河，一条世界大河中含沙量最多的河，这也可以看作大河文明中最为猛烈的受孕。黄河有着世界大河中最伟大的塑造平原的能力，也是世界大河中性格最为复杂的河，行迹无束，泥水两性，至刚至柔，阴阳合体，集严父慈母于一身。以质朴辽阔的胸怀，繁衍无限、庇佑广大、绝无偏私地穿行于农耕和游牧两翼，养育了众多的农耕和游牧的子嗣。也如有着众多子女、无暇细顾的母亲那样，绝不溺爱娇惯自己的儿女。黄河是温驯早慧的农耕大河，也是率真野性的游牧大河，以雄浑不羁的冲决涤荡，疾声厉色，挥舞戒尺，考验、锤炼、磨砺，培养儿女们向死而生的勇气、胆识和意志，开放、包容、创新的品质，还有勤劳节俭、从不懈怠的忧患意识。

在黄河身上，中华先民们学到的最早、最多，体悟的最深、最透。奔腾不息的黄河，凝滞如塑的黄河，给我们以最初的胎教，也是万世叮咛的老师。中华民族从蒙昧进入文明，茫茫禹迹，划为九州。夏、商、周三代的第一个王，即是"理水"的大禹。大禹是最先读懂黄河的那个人。法国哲学家笛卡尔有句名言——"我思故我在"。最早的中国之思在哪里？在黄河中上游的烟波里。最早的中国之思是什么？是"河图洛书"，是《易经》。"易"字上"日"下"月"，是日月合体、阴阳交泰，是载舟覆舟、危机生机，是生生不息的交往交流交融、文明天下。《易经》是阐述天地人世、万象变化的古老经典，上古之人游目骋怀，仰观天文、俯察地理、细览品类之盛，近取诸身、远取诸物，究天人之际、通古今之变，以符号和文字总结上古之思。《易经》是中国古代思想的第一缕曙光，也是中国观念的最早范式，塑造了中国人的思维方式，体现了中国人最初的价值选择。

《易经》仿佛是黄河浓缩的影印本，黄色的泥水斑驳漫漶，古奥难析又曲径通幽。没有哪一条大河，比黄河更像《易经》演绎的玄牝之门，万古江河亦是人文巨流。《易经》讲交流变化，一个重要的价值选择和自我设计，就是在双方、多方、全方位的交流中，作为己方的"我"，如何自处、如何相依为命？应处在什么位置、遵守什么原则、采取什么行动？"子在川上曰：逝者如斯夫，不舍昼夜。"中国人从黄河水中看见自己，"上善若水"，以水为师，从水的柔弱、活泼、包容、自洁，处其下、乘其势、浩浩汤汤的自然物性中，生发无穷智慧。老子说："知其雄，守其雌，为天下溪。"这样的思想，滋养着中国人爱好和平、谦逊好学、平等待人的品格。

"九曲黄河万里沙，浪淘风簸自天涯。"在中国古人的观念中，"风水""气数""时运"这些词，是上自帝王、下至黎庶，埋于心底、挂在嘴边的一个词。中国大地的三级台阶所带来的伟大势能、不息的西北季风和地球板块撞击所创造的黄土高原，从天而降、永不言败，莽莽写出一笔"几"字形的黄河——是风、水、土的杰作，是天作地合，如阴阳、如父母，如伟大的受孕、化育和成长，为中华文明的诞生、壮大，提供了大河文明农业革命的最大场域。

以黄河为轴线，向西是丝绸之路，是绿洲、沙漠、雪山、高原、喀喇昆仑，向北是长城、漠北、游牧社会、无尽寒林和冻土带，向南是后来居上、日益富庶的江南和亚热带，向东是纵贯南北的大运河和大海的万顷波涛——这个四围如屏，形势完整，内部广袤多样、融会贯通的广大场域，为多元一体的大结构、大体量奠定了自然基础。

二、历史的温度与精神的结晶

《大唐西域记》描述亚欧所在的南赡部洲娑婆世界，西为"宝主"、北为"马主"、南为"象主"、东为"人主"，"南象主则暑湿宜象；西宝主乃临海盈宝；北马主寒劲宜马；东人主和畅多人"。它认为"人主之地，风俗机惠，仁义照明，冠带右衽，车服有序，安土重迁，务资有类。三主之俗，东方为上。其居室则东辟其户，旦日则东向以拜。人主之地，南面为尊。方俗殊风，斯其大概。至于君臣上下之礼，宪章文轨之仪，人主之地无以加也"。在这个"四主"结构中，"人主"之国凿空西域，纳西域文化，开丝绸之路和海上丝绸之路，以通中亚、西亚、地中海、东非，连通"宝主"之国，滋染商业文明、海洋文明；又去天竺取"象主"之经，解"清心释累之训，出离生死之教"，铸儒释道于一体，遂有补全功能、自洽心意之大成。至于"毳帐穹庐，鸟居逐牧"的北方"马主"，以黄河为媒，与"人主"相接相贴，交流、碰撞、融合最烈。秦以后渐有"马秦"之称，与"人主""马主"为表里结构、生死相依，确为一体。

其实，"人主"之国的文明、历史和民族，也如同一个5000年生生不息的东方巨人，是有机活体，也有两个心室、两片肺叶、两个肾脏以及不断生长的骨骼、血肉和经络；有它深藏远设的肾气、吐纳呼吸的节奏、喷涌跳动的脉搏；有它聚变裂变、火力最旺、燃烧最早最久最多最激烈的核心区域；有它冶炼、结晶、成型、壮大，秘不示人的原点和坩埚。黄河、黄河文明，就是这样的燧石、光焰和坩埚，最能体现多元一体。

大场域必有大结构，大结构必生大功能，大功能必成大命运。如同太阳，它的引力会俘获一系列行星，它不竭燃烧的高温高热，穿透黑暗、散播光明。多元走向一体，一体吸纳多元。这个多元一体的"体"，是历时形成的，但从地理环境的规定来看，又是先天的共时结构——它从一个诞生于黄河中上游的胚胎，慢慢发育成什么样子，最终能长多大，反复不断地朝哪些方向生长、折断又修复再生，最终出落成形神完备的大模样，则有一种自然而然的、宿命般的共时性。从河西走廊打通、立足到漫漫西域的归于一统，从黄河、长江的溯流而上的"双肾"之源，到一揽青藏于怀中，从南北结构的力量模式到漠北、东北和华南、海南，以及明以后愈益兴盛的海上丝绸之路所串联起的台湾、南海、南沙……"天命玄鸟，降而生商，宅殷土芒芒"。中华文明是"天命玄鸟"的"卵生"，之所以一次次凤凰涅槃般不断新生，绵延不绝，是因为在她的东西南北有一道道天然屏障，如天造地设的护卫性"蛋壳"，在文明诞生、发展、壮大中起到保护作用。

历史力量的方位、节奏和力道，文明结构的布局、功能和机制，价值体系的开放、创新和熔铸，一次次升华跃进，大道直行，九曲回肠，质朴刚贞，缠绵悱恻，行行复行行，好一曲中华民族多元一体、青春永驻的不朽旋律。重重复重重，多元拱一体。这个多元一体的结构、功能、命运，是重瓣花朵、加量加倍、成双入对，是一遍遍工笔重彩的鸿图华构。我们的农耕文明系统，不仅有万里长城王冠般镶嵌其上的黄河流域，还有华滋繁盛的长江流域、珠江流域；我们的游牧文明系统，不仅有漠南、漠北，还有东胡、西胡；我们不仅有纵贯南北，串起黄河、长江的大运之河，还有凿空西域、横亘东西的玉石之路、丝绸之路、草原之路、茶马古道……它们纵到底、横到边，通其变、成其数，乃是成天地之文、定天下之象的榫卯结构。

  文明如水，百川汇流。倔强的黄河，不容分说地冲出"几"字形的辽阔地域，进入深广稀薄的游牧世界，犹如长弓巨矢，蓄满势能、绷直振荡，一次次发出文明变革的鸣镝。中华文明从一开始就是多元一体的碰撞、交流与竞合。这个多元，可以细列无数，但最重要的历史力量，是农耕集团和游牧集团。中国，包括整个亚欧大陆，一个基本的历史模式就是农耕文明与游牧文明的碰撞、交流与融合。这一点在中国最为明显和突出。这是因为黄河不仅源于游牧的青藏高原，她在一路东流中，南北相顾，沿鄂尔多斯高原，兜了个大圈，串起六盘山、贺兰山、阴山等历史上经典的游牧地带，使南耕北牧更加犬牙交错、毗邻相接。黄河不仅流淌着农耕的血脉，还流淌着游牧的血。她是一条混血的河，一条基因复杂的河。她把欧亚大陆东部最成熟、最典型，规模、体量、尺度最庞大的农耕集团和游牧集团，牢牢地焊接成一体，从而使这对性格迥异的夫妻，打打闹闹、亲亲爱爱，再也无法分离。

农耕文明和游牧文明的分野，由自然地理规定的生产方式决定。在中国，以400毫米等降水量线为分界线，大致区分了湿润和干旱两个区域，形成农耕生活和游牧生活。黄河毅然决然的几字臂，如同母亲，同时养育了农耕与游牧一双儿女。从此，农耕与游牧相生相随、相争相成、"相忘相化，而亦不易以别识之矣"。一部分万里长城大致就在这条400毫米等降水量线上。农耕文明和游牧文明的撞击、交流和融合，使黄河、长城、丝绸之路成为中国历史的"高温区"，成为中国历史大熔炉里火力最旺、受热最多、变化最烈的坩埚的埚底。

中国历史基本的力量结构，与黄河、长城垂直相交，呈现南北方向。也因为这一点，古代中国历朝历代的都城，多在黄河一线。"天子守国门"，犹如一杆巨秤的砣，似乎只有押上中央王朝的最核心的分量，才能最大限度地集中资源、树立决心、应对挑战，从而取得统一、平衡和稳定。大运河的应运而生，正是延长的砣绳、加量的砣重。如果没有后来居上的长江流域农耕力量，这杆巨秤就会倾覆。如果它一时倾覆，退守长江流域，农耕的种子就再次向南播撒，积蓄翻盘和再次平衡的力量。因此，我们看到，正是在黄河、长城、丝绸之路一线，堆垒出中华民族、中华文化的大融合中那些最先、最快、最结实、最美妙的结晶体。

万里长城既是农耕文明的产物，本质上也是由农耕与游牧两种力量共同筑就的。自构筑的那天起，它就成为中华民族大一统的象征。2000多年来，任何人都不可能从认识上割裂万里长城，因而也就无法割裂中华民族。长城对中国人来说，是意志、勇气和力量的标志，象征着中华民族伟大的精神。在近代，西方列强从海上而来，"三千年未有之大变局"使中国的命运跌入谷底。历史力量在沿海一线，开始呈东西方向展开。在这时，黄河、长城一跃而起，瞬间放大为中国人精神的共相。这长河与巨石的两座纪念碑，燃烧出民族精神的最强光焰，《黄河大合唱》《义勇军进行曲》从此成为中华民族的不朽心曲。

如果说农耕和游牧是搅动历史的两条旋臂，丝绸之路则不失时机地为这架轰隆隆的搅拌机增添了一条长臂。这三条旋臂牢牢焊在黄河轴心上，使她的转动更加平稳、均匀和细腻。黄河和丝绸之路、和西域，注定难解难分地融合在一起。黄河从何而来？"昆仑之丘……河水出焉。"昆仑是农耕游牧共有的地理和心理的坐标。"河出昆仑"，昆仑之地虚虚实实、云绕雾罩、神行千里、出没不定，一直在草蛇灰线地向西推移。在陆权时代，中华民族的目光是向西的。昆仑地望之谜，不是一般的"地名搬家"，而是观念、信仰、族群、制度、精神、想象，以山为器的成长与远行。黄河和昆仑，这一山一河，成为天下、山河、江山的重重隐喻。昆仑始终保持着与黄河的黏合力，天命所归，它们必须连在一起，有着精神上的息息相通。张骞凿空西域，开拓了中原对西域的认识，再次把昆仑向西推，推至葱岭，同时念兹在兹，不忘把昆仑和黄河连在一起。《史记·大宛列传》记载："汉使穷河源，河源出于阗，其山多玉石，采来，天子案古图书，名河所出山曰昆仑云。"汉武帝时，"河出昆仑"与深信不疑的天命观相一致。《汉书·西域传》记载："河有两原，一出葱岭山，一出于阗。于阗在南山下，其河北流，与葱岭河合，东注蒲昌海。蒲昌海，一名盐泽者也，去玉门、阳关三百余里，广袤三百里。其水亭居，冬夏不增减，皆以为潜行地下，南出于积石，为中国河云。"在这里，黄河与塔里木河、罗布泊，以及西域的族群和文化连在一起。公元前60年，西汉王朝设西域都护府，将西域正式纳入中央王朝的管辖。历朝历代关于昆仑、关于黄河源的探寻、记载、想象和叙述，同天圆地方，同中心化的空间建构，同天命观、大一统，有着文化上的一致性，拓展着中华文明的尺度，把西域文明纳入一体之中，并通过丝绸之路建构起与世界的联系。穹宇茫茫，河汉渺渺。数千年来，这巨大的、多向度的旋臂，在漫长的历史岁月里，日夜不息，旋转、吸附、搅动、融合成星云般灿烂的文明体。

从三皇五帝到夏商周，又经历春秋战国，在农耕文明内部，在汉民族的内部，这个中心化组织结构不断升级换代，由血缘组织起来的封建万邦到归于一统的郡县制，最终在秦汉之际形成稳定的中央集权大一统的天下观，使中国成为世界上最早确立文官制度的国家。正是经历五胡十六国、南北朝的民族和文化的大融合，才有隋唐之际的农耕文明、游牧文明、西域文明、儒释道合为一炉的升华熔铸。胡化、汉化的反复搅拌与发酵，重重累累，不分彼此，汉族天子从身体到文化上的混血，也成为游牧民族的"天可汗"。元朝和清朝，则更进一步整合着这样的秩序。在近代，中华民族、中华文化面临前所未有之大危机，一时之间，也曾手忙脚乱，连最能代表文脉的汉字亦生存废之议。正是中国共产党人，盗天火以照前路，引来马克思主义中国化的源头活水，结合中国实际，不忘初心，砥砺前行，创造性转化与创新性发展，走出一条具有中国特色的革命和建设之路、改革开放和社会主义现代化之路、中华民族伟大复兴之路，中国人的精神世界不断扩容升级、精神面貌愈发焕然一新。

中华文明自身的生机、气象和景观，给我们以智慧，给我们以力量。中华文明是大河文明，是黄河、长江一北一南并辔而行、交替驱动，是空间和时间上的大尺度的文明。文明、文化的生发、演化和壮大，从点滴到汪洋，从涓涓细流到浩浩汤汤，从来不是一成不变、墨守成规的，而是在不舍昼夜、汇聚百川千流和九曲十八弯时的吞纳、容受、净化中的奔流。其间，有"潮平两岸阔"的舒缓从容、静水流深，也有"飞流直下三千尺"的纵身一跃、决绝孤行。因此，才有"大道之行也，天下为公"，才有"老吾老以及人之老，幼吾幼以及人之幼"，才有"己所不欲，勿施于人"，才有"日月之行，若出其中。星汉灿烂，若出其里"的沧海洪波、英雄本色。

在这个过程中，中华文明之所以气韵悠长、连绵不绝，也是由于这个文明的尺度、场域、体量、结构和功能，给她以强大的生命力，使她在各种危难和挑战中拥有足够的韧性，使她很难被扳倒、打败，使她始终保有一口绵绵不绝的元气，向死而生、反败为胜，渡过重重劫难。中华文明之所以青春永驻、长生不老，也是因为这个巨型文明的尺度、场域、体量、结构和功能，使她始终处在内部和外部能量的交换当中，多元多样、风云激荡、相辅相成……大海生巨鲸，高天起鲲鹏。这大尺度、大场域、大体量、大结构、大功能，带来云蒸霞蔚、气象万千的文明大景象。

多民族的大一统，各民族多元一体，是老祖宗留给我们的一笔重要财富，也是我们国家的一个重要优势。可以说，维系统一是中华民族的精神基因，56个民族共同构成了你中有我、我中有你、谁也离不开谁的中华民族命运共同体。

三、抒写中华民族新史诗

黄河文化、长城文化、丝绸之路文化、大运河文化、长江文化、长征精神……这是我们最醒目的文化足迹。辽阔的土地上，悠久的岁月里，这巨大、辉煌、纵横交错的足迹，构成一个大大的"国"字。这是我们民族的标识和徽记，是我们家园的门楣和梁柱，是我们文明结晶的大块堆垒，是我们纵到底、横到边、引以为傲的灿烂文脉、鸿图华构……从北到南，自东至西，横平、竖直、弯折钩，每一笔都光彩万里，每一画都写在血脉灵魂里。

黄河流淌出中华文明最初的身形与气象。在中华文明的发展过程中，黄河流域居于轴心地位。正如习近平总书记指出，"在我国5000多年文明史上，黄河流域有3000多年是全国政治、经济、文化中心"。黄河流域的文明在唐宋之前一直处于相对先进的领跑者地位。正是在黄河这个巨大的时空场域之中，文明发展、观念演进、分合治乱、民族融合，波澜壮阔的历史运动造就了不断成熟的文明体，也孕育出伟大的民族精神。

民族精神是一个民族赖以生存与发展的精神支撑。进入新时代，习近平总书记高度概括和科学阐释了中华民族伟大精神，即伟大创造精神、伟大奋斗精神、伟大团结精神、伟大梦想精神，这对于实现中华民族伟大复兴意义重大。

今年是中国共产党的百年华诞。"中国产生了共产党，这是开天辟地的大事变"，改变了近代以来中国面临列强瓜分、国破家亡、跌入谷底的悲惨命运。中国共产党以前所未有的远大眼光观察历史与现实，重新发现中国、激活中国，为中国发展找到了空前宽广的战略空间，为扭转近代以来连续沉降的历史轨迹开发出无尽的上升势能。

在近现代中国史上，平静、内向、保守、贫瘠的西北曾经与开放、活跃、进取、富庶的东南形成鲜明对比。东南往往是各种政治力量的首选之地。伟大的先行者孙中山领导的民主革命，主要以南方特别是广州为中心。蒋介石违背孙中山遗志，破坏国共合作，背叛革命，以江浙财阀、官僚买办资产阶级为支撑，建立起南京国民政府。可以说，近代以来，广袤的中国西北处于漫长的沉潜期。中国共产党的成立，打破了这一历史的沉寂。第二次国内革命战争时期，毛泽东就从国际国内形势出发，确立了工农联盟、武装割据、"农村包围城市"、在国民党反动统治力量比较薄弱的边缘区域建立根据地的思想，走出一条中国革命的独特道路。长征中，我们党领导红军纵横捭阖，从东南到西北，从长江流域到黄河流域，一路播撒革命的火种。这条革命红飘带,把广袤的中国串联起来,"一道道山来一道道水,咱们中央红军到陕北"。黄河岸边、陕北高原成为中国革命的转折点,成为中国革命、民族精神和先进文化的高地,吸引着世界的目光。"千里的雷声,万里的闪。"无数进步青年和文化人,突破国民党的重重封锁,跋山涉水来到这里,追求光明,燃烧生命。这片贫瘠、沉寂、压抑的土地,这条凝滞、沉重、鸣咽的大河,迎来她从未有过的新生,焕发出前所未有的璀璨光华。中国革命战略主场的转换,使中国的革命和思想文化,在一个更大更完整的时空中展开。"解放区的天是明朗的天,解放区的人民好喜欢。"古老的黄河迎来新主人,奔涌流淌出中国革命精神的青春力量和先进文化的强盛基因。

  伟大的实践创造伟大的文化,伟大的文化催生伟大的实践。《毛泽东选集》四卷共收录159篇文章,有90多篇写于黄土高原的延安窑洞,占总数的近58%。毛泽东之所以将执笔著述作为这一时期的核心工作,是因为他和全党不仅面对着抗日战争全面爆发的新局势新任务,而且还在于他下定决心要总结中国共产党自成立以来的经验教训,探索中国革命的正道。正是在这双重动力下,毛泽东殚精竭虑,以如椽之笔,写下中国革命史上最辉煌的系列篇章。这一时期,他写下了《论反对日本帝国主义的策略》《中国革命战争的战略问题》《论持久战》等军事著作,分析战争规律，谋定革命战略，为民族民主革命擘画蓝图。这一时期，他写下了《中国共产党在民族战争中的地位》《统一战线中的独立自主问题》等剖析天下大势的理论杰作，阐明了统一战线思想，为民族民主革命引路导航。这一时期，他写下了《五四运动》《〈共产党人〉发刊词》《在延安文艺座谈会上的讲话》等思想文化名篇，指明革命文艺前途和青年运动方向，激发出了革命文艺的高潮。这一时期，他写下了《新民主主义论》《论联合政府》等系统阐述新民主主义政治、经济、文化的集大成之作，规划革命道路，指引革命航船。这一时期，他写下了《纪念白求恩》《为人民服务》《愚公移山》等悼人纪事的有情之文，生动地传达了共产党人的初心使命，展露了共产党人的襟怀抱负。这一时期，他写下了《改造我们的学习》《整顿党的作风》《反对党八股》等整风文献，改造了党风、文风、学风，使我们党风清气正、蓬勃向上。尤其在这一时期，他更是写下了马克思主义中国化的哲学名篇《矛盾论》《实践论》，抓住"方法论"这个牛鼻子，从根本上解决了中国革命的道路难题。

正是在黄河岸边，在黄土高原，在延安，全党最终确立了毛泽东思想的指导地位，确立了实事求是的辩证唯物主义思想路线，使干部在思想上大大地提高一步，使我们党达到空前的团结，为革命胜利奠定了坚实的组织基础。其间所产生的抗大精神、白求恩精神、南泥湾精神、张思德精神、劳模精神等，汇聚成光照千秋的延安精神。在延安精神的照耀下，中国道路浮出地表，中国命运豁然开朗。难怪黄炎培等民主人士在延安看到了跳出"其兴也勃焉，其亡也忽焉"的历史周期律的希望；难怪南洋华侨领袖陈嘉庚经历延安之行后禁不住感慨万千，发出"中国的希望在延安"的肺腑之言；难怪毛泽东在重庆谈判期间，不无自豪地写下"重庆有官皆墨吏，延安无土不黄金"的诗词金句。正是从这个意义上，我们说黄河两岸的山沟里孕育出了中国的马克思主义，陕北土窑洞里的灯光照亮了中国革命的前程。也正是从这个意义上，我们说中国革命为殖民地半殖民地人民的解放运动提供了典范案例。

历史是有深意的。恰恰是在九曲黄河突破关山桎梏、一跃千里的陕北，毛泽东思想走向成熟，中国革命文化创造了自己的高峰。可以说，正是由于延安精神的形成，使得中国的革命精神和革命文化以谱系的方式存在，中国的革命精神和革命文化也如黄河一样，上下贯通，奔涌不已，吐故纳新，开创新境。也恰恰是由于革命精神、革命文化的谱系性存在，特别是由于其灿烂辉煌、生生不已的成果，赋予了黄河文化以新的品格、新的生命。黄河流域文脉深厚，经由延安精神交接、融贯，红船精神、井冈山精神、长征精神等交汇成为滚滚巨流，壮大、涤荡、升华了黄河文化。随着社会主义革命、建设次第展开，在黄河中游的河南兰考，"县委书记的好榜样"焦裕禄用自己的实践阐释了全心全意为人民服务的真谛，用生命书写了"焦裕禄精神"；在黄河下游的山东，一代代沂蒙人通过不懈的牺牲和努力，在党的精神谱系中，续写出"沂蒙精神"的新篇章。

　　文艺走过的，是时代之路。历史上，黄河是一部打开的大书，以黄河为书脊，以万里长城、丝绸之路为页面，形成了中国古典文艺史中，主题、题材、形式、作品质量和社会影响等方面最早、最多、最大、持续时间最长也最为辉煌的富集区，书写了最为华美深刻的不朽篇章。这有一个重要的启示，真正伟大的文艺作品，总是更多更好地诞生于历史温度最高、精神结晶最美的"第一现场"，总是与历史文化的基因、与当下的时代精神同频共振。

　　革命文化是在苦难辉煌的历程中诞生的，因此不仅具有独特的精神内涵，而且具有独特的美学底色。刚健是其重要的美学风格，这种风格在社会主义文艺中表现得淋漓尽致。自中国共产党立足陕北，开创中国革命新境，革命文艺井喷般涌现，其代表首推《黄河大合唱》。历史上吟咏黄河的文艺作品数不胜数，名篇众多，但由于《黄河大合唱》吸纳、提升了包括前辈诗人在内的中华儿女追求独立、民主、自由、富强的心声与意志，因而展现出千古未见之刚健风骨与阔大气象。在这样的歌声和曲调中，我们感受到的不再是哀怨、悲凉，而是奋发振作和斗争崛起。我们感受到的，不再是沉重凝滞的黄河水,而是翻滚而来的钢筋铁骨,一切阻挡的障碍都被击为齑粉。我们仿佛也变成其中的一朵浪花,与整体紧抱在一起,向前、向前。

这种文化浸透着质朴黄土,是人民之诗。在星星之火可以燎原的井冈山上,在二万五千里长征中,在黄土高原创建革命根据地的岁月里……中国共产党扎根人民,吸收蕴藏于大众中的朴素精神,树立人民立场,创造人民文化。大概这也是毛泽东不赞成一般地说城市进步、农村落后的原因,这也是他要文艺工作者深入生活、转变情感的原因,这还是他看了京剧《逼上梁山》后给主创者的信中表扬他们做了很好的工作,把被统治阶级颠倒了的历史重新颠倒过来的原因。正是人民立场,使历史上不被重视的民歌、木刻、民谣、秧歌、曲艺等朴素的民间文艺形式成为新文艺的重要组成部分,同时也使西方舶来的话剧、歌剧、芭蕾、交响乐等,能迅速为我所用、落地生根、转化创新,出手即不凡,一举奠定中国风格、中国特色、中国气派。《东方红》《兄妹开荒》《白毛女》《小二黑结婚》《黄河大合唱》以及《长征组歌》《创业史》《平凡的世界》……这些震撼灵魂的作品,竟然具有这么朴素的形式。更重要的,是这种革命的新文艺使创造了历史却又曾被历史屏蔽的劳动人民,走上舞台中心成为主角。

"实践没有止境,理论创新也没有止境。"以黄河为主题和题材的文艺创作,要想具有史诗品质,还必须架起通往新时代的长桥。习近平总书记指出,"我国作家艺术家应该成为时代风气的先觉者、先行者、先倡者,通过更多有筋骨、有道德、有温度的文艺作品,书写和记录人民的伟大实践、时代的进步要求,彰显信仰之美、崇高之美,弘扬中国精神、凝聚中国力量,鼓舞全国各族人民朝气蓬勃迈向未来"。与以往相比,我们当今所处的时代生活,是在一个更快、更大、更深、更复杂、更辽阔、更激动人心的尺度上展开的,要想从整体上认识、理解它,用全部的心灵情感去体验它,用完美的艺术形式去表现它,有一个更加艰辛的创造过程。当今的文艺工作者,特别是专业文艺工作者,其工作和生活的范围、人生经历和心灵体验,因为专业、行业的局限,与辽阔的社会生活、浩荡的时代洪流多少有点距离。只有横下心、不浮躁,深入生活、扎根人民,不断丰富和提高自己的脚力、眼力、脑力、笔力,板凳甘坐十年冷,扎扎实实架起通往现实和时代的长桥,才能为作品注入强大的时代力量。

打造中华民族新史诗,更是一条从"高原"向"高峰"冲刺的艰难之路。美是艰难的,少走一步,都可能会半途而废。历史上,以黄河为中心的区域,包括长城和丝绸之路,是民族、文明和历史的"高温区",文化的结晶、民族精神的结晶、文艺作品的结晶最多、最集中。也就是说,在古典时代,这个区域文化和文艺的"高峰"最多。如今，所有想要冲击文艺"高峰"的人们，必须栏杆拍遍，站在前人的肩头，披沥俯察波澜壮阔的现实生活，才能捧出配得上黄河这条伟大河流的精品之作，才能捧出配得上中华民族伟大复兴这一历史进程的心血之作。

（原载《光明日报》2019年12月13日，后经修改增补刊于《中国民族》2021年第4期）

"意识形态"概念流变考梳

韩子勇、高佳彬

1796年法国哲学家德斯蒂·德·特拉西（Destutt de Tracy，1754—1836）创造并集中使用"意识形态"（idéologie）一词，200多年来，这个概念不断演变，与原初已相去甚远，不仅在研究领域，而且在政治和社会生活中，也被频繁提及、使用和阐释，存在随意性和不确定性，甚至存在诸多有意无意的曲解误读。因此，对其进行考据、梳理，正本清源，对学术研究和日常应用很有裨益。

经考梳，笔者发现对"意识形态"概念的使用主要有四种情况。

一、作为观念科学

作为概念被首提时，"意识形态"原生之意是"观念科学"。特拉西将两个希腊词"iδɛa"（思想、观念）、"λογος"（逻辑、学说）组合在一起，创造出"idéologie"这个概念，用以指代"对概念和感知进行科学分析的学问",即有关观念的范式学说。他主张知识分子建立对观念的本体论、认识论和方法论的基本学术判断,这些判断构成知识分子圈层的共同语言。特拉西认为,作为理性知识分子,无法直接从浅表现象捕捉和把握事物本身,但可通过观念的分析和考察来科学地认识和把握世界本原。

以观念科学为范畴,不少学者都认同并使用过"意识形态"这个概念或相近概念,如黑格尔的"一般意识形态"、马克思的"社会意识形态"、曼海姆的"知识社会学"等。

作为一门科学的意识形态学说,一种追求理性的研究主张与范式,它诞生在新旧思想激烈交锋的历史环境中。交锋的一方是专制王权和教权主义,核心是君权神授、君主至上,维护特权秩序;另一方是启蒙思想和共和主义,核心是自然理性,追求建立社会契约。1789年的大革命摧枯拉朽,终结了旧的政体,但短期内旧思想对社会生活和民众观念的控制却无法结束,新思想也无法在人们头脑中生根发芽,18世纪整个90年代,法国社会被新旧两种思想的争斗撕裂,权威倾倒,民主起伏,人心涌动,国家政权陷入真空,处于无政府秩序的边缘,由此产生一系列社会政治问题。

"意识形态"概念和学说就是在这样的时代背景下产生的,面对新旧社会结构与秩序的对垒碰撞,特拉西等知识分子通过建立学说来表达自己的关注与态度。意识形态,是一种面对社会变革的观念范式。它不是对社会问题的具体解决方案，但这并不妨碍它成为具有号召力、战斗力和批判性的思想学说，被运用到社会实践与政治革命之中。

特拉西运用意识形态分析对雅各宾派，对他们"恐怖野蛮"的统治思维的来源进行深入追踪和坚决批判，这让一心复辟帝制的拿破仑产生警惕，意识形态学说被他称为"虚幻的形而上学"，特拉西也成为他口中"观念学家"的代表，是秩序、宗教和国家的破坏者。1812年远征俄国失利，也被归咎于意识形态的虚浮、错误、脱离实际，实质是对意识形态与社会实践的接连性、指导性发起质疑。如文化研究学者雷蒙·威廉斯所说，拿破仑的指责，在19世纪得到很大的回响，也让"意识形态"的词义、价值色彩从此被扭转。[1]

二、作为精神现象

由意识形态概念的观念本性向观念起源的研究延伸下去，不可避免触及对观念生成的精神运动和发展过程的探讨，意识形态概念在"精神现象学"中的新分支便自然显露出来。黑格尔历史地考察

---

[1] 参见［英］雷蒙·威廉斯《关键词：文化与社会的词汇》，刘建基译，生活·读书·新知三联书店2005年版，第218页。

了意识由自然的到高度有教养的、高度成熟的发展史，从中发明意识形态的否定辩证本性和以此为动力的精神运动过程。[①] 作为精神现象的"意识形态"，意味着意识发展到各个阶段会有不同的精神形态。比如，黑格尔就细分了意识、自我意识、理性、精神和绝对精神几种形态，洛克也提出了简单观念、复杂观念等说法，这些精神发展的诸环节、阶段被称为"意识形态"，犹如把种子、胚芽、树木、果实统称为"植物形态"那样。对此，恩格斯进行了归纳，认为意识形态是人的意识在历史上所经过的诸阶段的缩影。[②] 他突出了意识形态生成过程的历史性，但这并不是串联精神发展史的唯一线索，生物性、逻辑性对概念发展的牵引不可被忽略。

生物性作为一条线索，将意识生成与生物生长等观，构成"意识形态精神现象说"的叙述基础。在此基础上，衍生出神经生物学、神经心理学、认知科学、量子意识等路径，对意识诸形态作生物性源起的解释，这也是现今学界最为活跃、解释性概念层出不穷的界域之一。主要存在两类观点：一类是意识形态系统"还原"论。这类观点认为意识诸形态可被还原为单纯的精神生物性活动，可以被

---

① 参见 [德] 黑格尔《精神现象学》上卷，贺麟、王玖兴译，商务印书馆 1979 年版，第 17 页。
② 参见 [德] 恩格斯《路德维希·费尔巴哈和德国古典哲学的终结》，载《马克思恩格斯选集》第四卷，人民出版社 1995 年版，第 219 页。

分解为一个个细小的感知觉单元，比如神经元。观念意识即从神经感知中生成。另一类观点是"不可还原"论，认为意识诸形态不可纯粹还原，但它是基于神经的生物性活动。从感知觉单元集合形成的"有意识""自我意识"和"精神"的观点，从神经生物学来看虽有其合理性，但意识诸形态，尤其是精神、绝对精神并不是简单的生理结构相加，它们具有生物属性之外的特性，如逻辑性、社会性、本体论上的实在性等。

逻辑性作为另一条线索，将意识诸形态的内在矛盾视为形态进化的动力，后一种精神形态是为解决前者矛盾进化出来的。如"快乐与必然性"是对"苦恼"意识的逆反，"高尚与卑劣意识"又是对"快乐"意识的超越，内里是一种"否定性的辩证法"逻辑在支撑和推动思辨。这种辩证逻辑，赋予了意识诸形态不同的次序，形成一种由原始向完善、由低级到高级的发展规律，无论是黑格尔的五段式划分，还是洛克的两段式划分，各形态都循着这种规律次第排列，这与生物性逻辑相合。可以说，精神形态的变迁史，就是批判思维的意识创造和进化史。

需要指出的是，从观念科学到精神现象，并非概念的沉降，而是发展的必然。"意识形态观念说"对浅表的、易变的、难以捉摸的心理精神的剥离，在思想科学层面的升华与应用，建立起的是总体性的意识形态概念。概念的高度概括与学说的高度抽象是"意识形态"得以创建的基础,但也是其实践性危机的来源。"意识形态精神现象说"依靠对固定的、理性的、规律可循的观念进行还原,是轻巧的回旋转身,着意加固同个体感性知觉与群体实践的联系,为遭遇实践性质疑的概念重新赋予活力。

作为精神现象的意识形态立于科学与哲学的边界处,连接两者,游离两间。"边界处"的特殊位置赋予了学者选择的多向性、游离性,也造成"意识形态"概念的多义性。既有像曼海姆那样,透过人类从"无意识"到"有意识"的进化过程,看到意识形态概念必然过渡向"价值无涉"整体概念的趋势、向观念科学复归的学者,也有奔向纯粹哲学领域,主张"回到康德"、回到不可知论的新康德主义者,以及胡塞尔等先验本质学派、拉康等无意识分析学派的学者。他们的学说抛弃观念,将意识形态崇高化、神秘化,主张依靠先验意识去"直观本质",是对原初观念学说的背反。但无论是向前一步走向绝对精神,还是向后退,还原到模糊的感性知觉与个体经验的意识形式,比如焦虑、抑郁、癫痫和潜意识、无意识等精神现象,都极易与反理性联系起来,这也是为何众多西方哲学家、哲学史家将"意识形态"与"宗教神学""主观唯心主义"等同视之并加以批判,却刻意回避它作为精神现象的生物性、历史性、辩证性基础的主要原因。

三、作为本体论哲学

较之"观念说""精神现象说",作为本体论哲学的"意识形态"更多地转向哲学层面的研究,关注意识形态的本体论、认识论。其中,对社会本体论层面的探究是重点,主要途径是考察意识形态与社会结构的关系,界定意识形态的社会结构本质。在这方面,主要有社会现实反映说、社会现实异化说两种观点,前者认为意识形态构成社会现实存在本身,后者认为意识形态本质是社会存在的异化。

尽管"意识形态"的概念诞生于18世纪末的法国,但这个概念所特有的对知识观念的缘起、本体真假性、有效性的判断,却是一般哲学普遍关注的话题,历史上长期存在的异化说(假象说)就是关于本体真假性的观点,具有很大的影响力。最有代表性的是柏拉图借苏格拉底之口说出的"洞穴假象"——囚徒缚坐于洞穴之中,跃动的火光将人影投到石壁上,每个囚徒被强制面壁观看影戏,将其作为现实生活的全部真实。培根在《新工具》里进一步提出"四假象"说,将知识对现实生活的异化推到极致。被"种族假象""洞穴假象""市场假象""剧场假象"裹挟,人只能以自己的感觉、精神状态、旁人言辞、哲学体系构筑的假象世界为真,自我阻绝了通往真实世界的道路。黑格尔在《精神现象学》中,通过梳理与人类社会历史发展阶段相对应的意识诸形态,发现它们对现实世界异化的共同本能，这种本能是生产和维护相应形态的统治阶层权力压制本性的自然延伸，这也成为马克思相关论述的一个逻辑支点。

马克思批判地阐释以往历史社会的意识形态，将其理解为虚假的、否定的、形而上的学说。在《德意志意识形态》里，他把哲学、道德、宗教等都归入意识形态的范畴，它锚定的是"经济基础—上层建筑"的社会结构，指向的是"在阶级社会中，适合一定的经济基础以及竖立在这一基础之上的法律的和政治的上层建筑而形成起来的，代表统治阶级根本利益的情感、表象和观念的总和"[1]。一旦基础的社会结构改变了，尤其是统治阶级改变了，意识形态也会随即调整更替。他指出，处于统治地位的社会意识形态，是为统治阶级服务的意识形态，对被压迫人民而言，充满了欺骗和蒙蔽。可以看到，原本"精神现象说"主张的意识的自我进化性、生长性在"本体论哲学"中消失了，马克思批判的锋芒，指向旧世界的统治阶级，揭示他们自觉不自觉地利用关于自身的想象和幻想来遮蔽现实，维护自身利益，即其意识形态具有"虚假性"。阿尔都塞、霍克海默等西方马克思主义学者大都秉持此类观点，并在此基础上使用和延展"意识形态"概念。

柯尔施、齐泽克等人对绝对的虚假本质有所怀疑，在将意识形

---

[1] 俞吾金：《意识形态论》，上海人民出版社1993年版，第129页。

态视作社会意识形态的基础上,更把它视作是社会存在本身,是社会历史现实的组成部分,但"意识形态"这种现实是人与物、人与人、人与社会关系异化下的社会现实,其存在必须在唯物主义理论中予以把握,并由唯物主义实践消灭。[①]只有依靠科学的意识形态的指导,那些虚假的意识形态所建立的异化关系才会被认识到,并最终被消灭掉。

在认识论的维度,卢卡奇注意到了马克思对"意识形态"概念未作直接界定而可能造成的误读风险,选择以社会效力和职能为尺度,对意识形态重新界定。他认为,意识形态不一定都是虚假的,也不一定都是正确的、进步的、科学的,但都具有一定的社会倾向,并着眼于解决社会冲突(很多是阶级或群体冲突),力求将其克服。因此,承担相应社会职能的科学(社会科学)在社会本体论上强烈地接近着纯粹意识形态。艺术、法律、政治、宗教、道德等社会意识形态,当其满足上述前提条件时,可转化为意识形态,成为社会存在的组成。这个看法具有社会本体论的意义。

---

① 参见[德]卡尔·柯尔施《马克思主义和哲学》,王南湜、荣新海译,重庆出版社1989年版,第38—39页。

四、作为政治学说

意识形态的社会（意识、实在）本体、性质（幻象或现实），以及解决社会（阶级或群体）争端的实践职能，这些哲学层面的理论发现，重新界定了"意识形态"概念，尤其突出了它在社会结构中的特殊位置，以及具有社会倾向与解决矛盾的功能价值等基本特征，自然而然地将这一概念推送到政治领域，被更紧密地镶嵌到社会结构中。尤其是马克思的意识形态学说确立后，人们在分析一种社会流行的观念、思想或观点时，总会自觉不自觉地寻找它所属的阶级、阶层、社会地位、政治集团、经济利益的出处。曼海姆将这种政治领域的思维默契，看作是对总体的意识形态概念的特殊领悟，是一种特别的意识形态概念。[①] 简言之，意识形态被赋予一种积极的政治实践力量。

恩格斯的分析可以帮助我们进一步理解马克思的学说在"意识形态"概念使用领域发生根本性转化过程中发挥的关键作用。他认为马克思发现的"意识形态"，是在一个民族或一个时代的阶段性经济基础上形成的"人们的国家设施、法的观点、艺术以至宗教观

---

① 参见〔英〕伊格尔顿《历史中的政治、哲学、爱欲》，马海良译，中国社会科学出版社 1999 年版，第 84 页。

念"①。作为国家设施,关于政治的观念思想体系是意识形态最集中、最根本的呈现形式,也是这个概念最具解释力和使用价值的领域。

越是分化、对立的社会结构和政治环境中,意识形态的政治性和冲突性就越可能被放大,阶级的存在和斗争的需要满足了这样的条件,对"意识形态"的使用和阐释变得突出起来。列宁曾指出,不存在超阶级、无关政治的意识形态。19世纪以来,世界被日益划分为资产阶级与无产阶级两大阵营,产生了与不同的社会形态相适应、为不同阶级的政治经济利益辩护的意识形态。在这里,"意识形态"成为一种政治思想,是反映阶级立场(主要是政治和经济权益)的观念体系。对立的阶级、群体基于这种关系进行相互批判。在这里,意识形态某种程度上窄化为政治本身。意识形态政治学说在20世纪的大流行,冷战时更成为美苏两大阵营彼此论战的主要"武器",许多概念解释及衍生性概念在这个时期被不断生产出来。至苏联解体、东欧易帜、国际共产主义运动陷入低潮,西方资产阶级的政治哲学家便率先宣告"意识形态"的终结。拉尔夫·达伦多夫等学者认为,不可能再像二战以前那样按照单一的阶级尺度来对

---

① [德]恩格斯:《在马克思墓前的讲话》,载《马克思恩格斯选集》第三卷,人民出版社1995年版,第776页。

社会进行两极化划分，意识形态的冲突烈度、存在方式、作用方式等将不可避免地发生转变。20世纪下半叶至今，在全球化、现代化背景中，意识形态向文化（文明）、民族（种族）主义、宗教教派等渗透、分流与转向，但这并没有脱离出"意识形态政治哲学说"的轨道，只是以更为隐蔽、巧妙的方式，以泛政治的或者软实力的说辞凸显出来，因而需要更加仔细的辨析。

五、走向终结？

"意识形态"的概念体系，尽管看起来很庞杂，内里充斥着多样性的分化，某些解释还存在着紧张关系，让其变得含混难言，但通过对这一概念发展脉络的梳理，不难发现它的延展路径还是比较清楚的。在"观念科学说""精神现象说""本体论哲学说""政治哲学说"四条主要路径之间，存在某种连续性、相关性，体现在社会、时代的变迁中。总体看，它们有一个共同的特征，就是对社会矛盾、社会问题的关注和介入，这或可作为"意识形态"的重要属性。

从概念最初被创造，一直至今，它始终与社会实践，特别是政治实践相关联，具有一定的社会倾向性、实践功能和价值指向。即使是特拉西建立起来作为一门科学的"意识形态"学说，也快速地被引入革命运动中,有其实践上的历史意义。伊格尔顿指出,特拉西的概念发明和意识形态学说,是在精神层面上进行的资产阶级革命,是向革命政治目标前进的一面旗帜。[①]"意识形态"介入社会的方式也不尽相同,有时为其他科学提供观念上的知识基础,从而间接协调社会与政治秩序,有时则作为鲜明社会倾向的政治宣言,直接参与社会斗争。

在社会生活、社会意识的历史发展中,"意识形态"的生成分布不是均匀的,越是在社会结构发生转折、转型的当口,犹如大河跌入峡谷,巨流被崖岸收束,形成冲决的急流骇浪,"意识形态"快速地生成、聚集,相互挤压、碰撞,"意识形态"的区分,很多时候是通过矛盾斗争来实现的。它们快速隆起,显示陡峻、激烈的景观。在相对缓和平顺的社会环境下,"星垂平野阔,月涌大江流","意识形态"的集聚比较缓慢,呈现绵延和缓的景观。有时,这一过程甚至极其宽阔、清浅、缓慢,思想的景观犹如湖面,缺乏焦点和方向,很容易被忽略掉,形成一种"意识形态不复存在"的假象。

当我们结束对概念的学术考察,再次回望贝尔、福山等学者提出的"意识形态的终结""历史的终结"等论断,一切都变得清晰

---

① 参见[英]伊格尔顿《历史中的政治、哲学、爱欲》,马海良译,中国社会科学出版社1999年版,第78页。

起来。他们所言的所谓"终结",是统一到他们连续一贯的价值路线,是陶醉于"自由世界"意识形态的胜利幻想。冷战结束后,在这种情绪支配下,意识形态正以间接的、迷惑性、巧实力的方式,比如文化消费、流行时尚、影像、网络平台、当代艺术、感官狂欢等,塞进他们真正在意的内容,以前所未有的大水漫灌,浸润他们认定的"过渡型国家"的日常生活和意识景观。这个时期,也是"普世价值说"相处流传的时期。我们并不反对一般意义上的同理心、同情心以及其上的普遍价值,而是无法接受在这一漂亮言辞下包裹的潜台词:把现代化置换为西方化、现代性置换为西方性、普世价值置换为西方价值,这是"西方中心论""西方优越论"的翻版,有违于文明、文化、社会制度、发展道路的多样性这样一个基本的事实和常识。

"意识形态"概念仍处在变动发展之中,还会产生新的解释。赛义德在其《理论旅行》中写道:"相似的人和批评流派、观念和理论从这个人向那个人、从一个情境向另一情境、从此时向彼时旅行。文化和知识生活经常从这种观念流通中得到养分,而且往往因此得以维系。"[①]意识形态的概念,在新的环境中,在不同人对它

---

① [美]赛义德:《理论旅行》,载《赛义德自选集》,谢少波、韩刚等译,中国社会科学出版社1999版,第138页。

的使用中，也会有意或无意地受到影响，被特定地接受或抵抗，有时候它的概念外壳被借用，注入新的内质，或是掺杂挪用到新的术语概念中，既有概念的弥合，也有概念的弥散。但无论经过多少改造和流变，"意识形态"总能在各个社会历史阶段出现并占据一个位置。在"百年大变局"的当下，面对西方经济、政治和社会的极化、对立和撕裂，它内部的意识形态日趋紧张峻急，福山也开始谨慎地修正他"历史的终结"的喜气洋洋的态度，引入政治秩序、国家能力的议题，试图缓解西方正上演的民主—自由的对冲及其对国家能力的虚耗，他依然坚信"历史将终结于自由民主制度"，但已不是"历史将终结于美国的自由民主制度"。另一方面，在"普世价值"的掩护下，西方政治以"保护的责任""颜色革命"的旗号四处插手，以"双重标准"合纵连横，直到在新冠肺炎疫情重压之下的图穷匕见、甩锅推责，深陷反理性、反科学、反事实的意识形态景观。特别有意味的是，这一扭曲的意识形态，正戏剧性地反噬：乔治·弗洛伊德之死和他的那句"我无法呼吸了"，这道"美丽的风景线"，在疫情失控的西方世界回荡上演，街道上人群汹涌，标语翻飞，火光四现，一座座雕像被推倒，价值的清算，已经回溯燃烧到资本的上游——他们殖民时代的精神遗产。

（原载《文艺理论与批评》2020年第5期）

昆仑、天山与天命的文化一致性

巫新华、韩子勇

昆仑是"帝之下都","百神所在",是"天下之中"。文献记载的古代中国许多先祖、先王,如伏羲、炎帝、黄帝、嫘祖、帝尧、帝舜、大禹等多与昆仑有关。最早记录"昆仑"一词的是先秦典籍,以后历代对昆仑的关注就一直是人文热点。但历代典籍所反映的"昆仑"语源与词语含义均无确切无疑的一致性答案,唯一明确的是"昆仑"乃一个伟大的地理名词和一个极为重要的符号性文化名词。

这样的"昆仑",在早期中国散布于华夏大地各处,后来逐步向西部集中,逐渐成为西域大山的泛称。先秦人认为,昆仑是天下最高的一座山,位于中国的西部,是黄河发源的地方。

天山山脉东西长 2500 多公里,无论是中亚的西天山还是中国境内的天山主体,都只有一个名字——"天山"。更多的时候使用的是其汉语译音,这一点非常明确地表明"天山"名称应该是中国文化的产物。苏联学者 H.M. 休金娜认为："从远古以来就确定下来的名称也无可争辩地证明，中国人是这些大山系的首先发现者。"[1] 梳理分析文献资料，我们发现"昆仑""天山"名称的核心意涵是天和天崇拜，"昆仑"与"天山"的名称很可能受到早期中国天命观思想的影响。

一、"昆仑"的含义

关于"昆仑"一词的含义，学界观点颇多，限于篇幅，这里就不逐一列举说明了，仅就笔者认同和关注的观点作一简述。朱芳圃先生认为，"昆仑"即"穹隆"的转音。故以高言之，谓之"天山"；以形言之，谓之"昆仑"[2]。吕微先生认为，"昆仑"是旋转的"圆"，即"天"[3]，因而昆仑山也可以是天山。"昆仑"的本意是圆，因此汉语里面凡是圆的东西，多半可以"昆仑"名之，比如天。扬雄《太玄经》云："昆仑者，天象之大。"《集韵》："昆仑天形。"古人称天为"穹隆"，"昆仑"乃"穹隆"音。《太玄经》又云：

---

[1] ［苏］H.M. 休金娜：《中央亚细亚地图是怎样产生的》，姬增禄、阎菊玲译，新疆人民出版社 2012 年版，第 21 页。
[2] 朱芳圃遗著，王珍整理：《中国古代神话与史实》，中州书画社 1982 年版，第 145 页。
[3] 吕微：《"昆仑"语义释源》，《民间文学论坛》1987 年第 4 期。

"天穹隆而周乎下，地旁薄而向乎上。"天为苍色，又称"苍穹"。《尔雅》释天："穹苍，苍天也。"郭璞注："天形穹隆，其色苍苍，因名云。"[1]邢疏引李巡曰："古时人质，仰视天形穹隆而高，其色苍苍然，故曰穹苍。"[2]昆仑是天形，穹隆也是天形，天形圆，故名。至此可以明确，古代"昆仑"有着十分明确的天的含义。

"天"在中国人的观念中，并不是一个抽象词，而是一个客观的存在。有关"天圆地方""天似穹庐"之类的认识和想象出现得很早。即天就像一个巨大的圆形存在物，覆盖在地上，一切都在这一空间之内。从高度来看，万物处于天的下方；从广度来看，整个世界都被天所笼罩。"天"指的不只是大自然的天，它实际上是包括了自然、民众、社会、祖先、世间万物的一种会聚，代表最高的正义和权威。这直接导致了中国人只有一个天下的认识，也导致"天下一家"观念的出现。因而昆仑也就直接与古代中国的国土和主权关联。

穹隆又可能与穹庐直接关联，因为二者皆为圆形。穹庐是中国古代北方游牧人群使用的圆形毡帐，起源与广泛使用应该在青铜时

---

[1] （晋）郭璞：《尔雅注》，中华书局1985年版，第69页。
[2] （唐）孔颖达疏：《毛诗正义》，载（清）阮元校刻《十三经注疏》，中华书局2009年版，第1206页。

代,文献记载的使用者以我国匈奴为最早。《史记·匈奴列传》:"匈奴父子乃同穹庐而卧。"《汉书音义》:"穹庐,旃帐。"①《汉书·匈奴传》:"穹庐,帐也,其形穹隆,故曰穹庐。"②《盐铁论·备胡》:"无坛宇之居,男女之别,以广野为闾里,以穹庐为家室。"③穹庐应该模拟天形,具有早期宇宙观或哲学观念的色彩,其名称、含义均应该与昆仑、穹隆关联,表达天崇拜的文化意涵。阿尔泰语系两大语族诸语言中关于天、日之词多用 Kun(昆)作为基础词或词根,比如突厥语族各语言中"日"均为 Kun,锡伯语与满语则是 Kundurum。从目前资料来看,上述"昆仑"之类的词语应该来自阿尔泰语系远古语词,而匈奴的"穹庐"一名应该早在公元前 5 世纪就已经普遍使用。

归纳而言,正因为"昆仑"是天的意思,又用来命名西域的大山脉,所以可以说先秦文献所记载的 3000 年前的昆仑,应该泛指西域大山(包括今天新疆的昆仑山与天山),个中缘由是由中国早期天崇拜文化和天命观决定的。

---

① (汉)司马迁:《史记·匈奴列传》,中华书局 1959 年版,第 2900 页。
② (汉)班固撰,(唐)颜师古注:《汉书》,中华书局 1962 年版,第 3761 页。
③ (汉)桓宽撰,陈桐生译注:《盐铁论》卷七,中华书局 2015 年版,第 382 页。

（一）昆仑与西域

中国历史上2100多年前的汉武帝，钦定昆仑山为西域南山。《史记·大宛列传》记载："汉使穷河源，河源出于窴，其山多玉石，采来，天子案古图书，名河所出山曰昆仑云。"[①]这段记载的意思是，以张骞为代表的汉使出使西域还有寻找黄河源头的任务，汉使发现黄河源出于窴大山，而且山中多玉石。他们采玉回来汇报，汉武帝根据上古地图和文字记载资料命名西域于窴出玉的山为"昆仑"。

根据上古文献记载的神话象征，理解"汉使穷河源"，昆仑山必须成为黄河河源，才能得出合理的解释。这其实是长期困扰中国历史地理学学者的一个问题。"河出昆仑"其实并非现代科学中的自然地理现象，而是古代中国的人文（神话）地理观念，即说象征母亲之河的黄河本是源出于帝之下都昆仑。"河出昆仑"换句话说，也就是"黄河之水天上来"，天为昆仑，上古中国宇宙观与神话中的天也是母体的表象，是万物的本源，天地（宇宙）开辟的原型亦是女性的生育。因此，作为河源所出，作为通天之山的昆仑，不过是指孕育我们人类和万物的母体或母亲。正是在这个意义上，我们可以理解"黄河之水天上来"或为"黄河之水昆仑来""黄河之水

---

① （汉）司马迁：《史记·大宛列传》，中华书局1959年版，第3173页。

天山来",甚至可以说"黄河之水西域来"。

此后,《汉书·西域传》记载:"河有两原,一出葱岭山,一出于阗。于阗在南山下,其河北流,与葱岭河合,东注蒲昌海。蒲昌海,一名盐泽者也,去玉门、阳关三百余里,广袤三百里。其水亭居,冬夏不增减,皆以为潜行地下,南出于积石,为中国河云。"[1]这进一步把整个西域南山和葱岭(帕米尔)定为昆仑,强调这里是黄河源头。这样的观点随即成为中国历代王朝的正统学说,直至晚清。

这是中国历史上唯一一次由国家出面确定昆仑山地理位置的举措,包含了四个方面的要点内容:昆仑在西域,是西域南山(关联葱岭、喀喇昆仑);昆仑与黄河源头直接关联;昆仑和玉石原料直接关联;昆仑所在就是中国天下所至。这是西域历史上的重大事件,具有极为重要和深远的国家主权方面的政治、文化意义与影响。

可以说,这是一次空前绝后的创举,但是绝非汉代张骞凿空之后中国人对亚欧大陆各个主要文明区域重要性的新认识,而是在先秦认识的基础上进一步强调了西域乃至西域南山之重要性。背景是亚欧大陆这块世界最大的地理板块是人类文明最基本的策源地,而西域以及昆仑山是上古世界各大文明区域之间文化交流的主要通道

---

[1] (汉)班固撰,(唐)颜师古注:《汉书·西域传》,中华书局1962年版,第3871页。

与关键区域。①

黄河数千年来一直是中国文化和王朝国脉的象征,她与中国文化中象征昆仑的关系为一体。也就是说昆仑在哪里,黄河河源就必须在哪里,这是古代中国几千年的政治正确与文化正确道统。秦汉以降,寻找黄河源头并加以祭祀,便成为皇权天授、天子正统性的直接体现,为国之大事。②

自2100多年前的汉武帝起,历代王朝都把黄河源头认定为目前起源于昆仑山、帕米尔高原山麓,流经塔克拉玛干全境的塔里木河诸支流。晚清新疆省的出现与保有也应该是几千年来中国与昆仑、河源有关的统治哲学的现实反映。③左宗棠率军平定新疆,在海防塞防的国防理念之外,其实还有着中国历代王朝统治哲学天命观念方面根深蒂固的考虑,那就是保住昆仑、河源、天山,就等于保住国脉和维护清王朝皇权天授的道义,进而保住清王朝的万世基业。收复西域、设立新疆省后,随之开展的最后一次罗布泊地区河源考

---

① 参见巫新华《新疆的丝路地位与文化底蕴》,《遗产与保护研究》2015年试刊号。
② 巫新华:《昆仑河源与中国古代丝绸之路》,《中国社会科学报》2016年11月3日第7版。
③ 巫新华:《昆仑河源与中国古代丝绸之路》,《中国社会科学报》2016年11月3日第7版。

察也是证据之一。①这样说来，西域的南山（昆仑）、葱岭（帕米尔）、于阗河（玉河：白玉河、墨玉河）、葱岭河（叶尔羌河）等山河与中国古代的国家主权有着至关重要的政治联系，甚至可以说是"国脉之所系"。

《穆天子传》记载，周穆王登昆仑，拜谒山上的黄帝之宫，为丰隆（雷神）墓封土，并举行祭祀昆仑山的仪式。类似的记载也多见于《山海经》，那时的"昆仑"已经泛指西域大山。《穆天子传》《山海经》②成书于战国时代。秦穆公平定西戎，西戎大部进入西域，并且经昆仑山、天山、帕米尔西迁。此类文献是中国上古时期昆仑文化的真实记录，同时很可能主要依据上古时期流传下来的周穆王西巡昆仑的早期历史记载与秦穆公平定西戎所掌握的西域情况，一定程度证明了古代西域山河的重要性。如上所述，汉武帝正式把文化昆仑、神话昆仑、地理昆仑落实为真实的地理学山脉，并将黄河源头定于此。

除此之外，还有特殊的国家政治需要。张骞通西域的目的是：联合西域诸地方政权抗击匈奴；断绝匈奴对西域这个昆仑、河源所在之地和沟通东西方科技、物流的丝路大商道的利用。这就是史说

---

① 参见巫新华、刘玉生《丝路新疆文明交流与发展的关键（下）》，《新疆人文地理》2016年第1期。

② 《山海经》成书于战国至西汉之间。

的"断匈奴右臂"。所谓的"断匈奴右臂",其实就是控制以昆仑为代表的西域大商道,断绝匈奴通过西域获得亚欧大陆其他文明区域的军事技术、物资、财富补给。这也足见西域之于中国的重要性。

昆仑所在即天下所至,而黄河起源于昆仑山,中原、西域同饮黄河水,天下一家。这既是古代中国的政治思想理念,也是国家的实际政治需要和真实地理情况。再者,随着西域南山被确定为昆仑,玉出昆仑也成为国家认定昆仑的要素。

(二)昆仑与玉文化

从远古至今,玉文化传统中的文化密码随时代发展而不断衍变。玉从最初的沟通天地之媒介,发展成为社会秩序与等级的标志,再进一步转化成中国社会的文化传统。这一传统不仅为人们所接受,而且还因为它与过去的联系而被推崇。

玉器在我国的使用历史约 9000 年[①],一直被视为沟通天人的神物。而出自昆仑山的和田玉作为古代中国最好的玉料,其品质具有

---

① 2017 年 11 月 22 日,在黑龙江饶河小南山遗址发现了数量庞大的玉器。碳 14 数据测年显示,这些玉器距今 9000 年左右(树轮校正后的年代),为目前我国发现的应用玉器年代最早的考古学文化。参见李有骞、杨永才《黑龙江饶河县小南山遗址 2015 年Ⅲ区发掘简报》,《考古》2019 年第 8 期。

唯一性地位，是历代公认的"真玉"，已有数千年使用历史。考古证明，距今4000年左右齐家文化大量使用和田玉，另外不晚于商中晚期，来自昆仑山北麓的和田玉就已经被中原王朝大量使用，中国社会科学院考古研究所发掘的殷墟妇好墓755件玉器中大部分是来自新疆的和田玉。以后，儒家以和田玉比德，和田玉因而被赋予许多文化精神，诸如"宁为玉碎，不为瓦全"的气节，"化干戈为玉帛"的宽厚风尚，"润泽以温"的无私品德，"瑕不掩玉"的清正气魄，"锐廉不挠"的进取精神等都与和田玉的物理特性直接关联。因而，昆仑山和田玉在中国历史上并非仅仅被当作一种矿产资源看待，某种程度上也是中国文化的象征。和田玉作为中国历代王朝确认的国玉，随着汉武帝钦定西域南山为昆仑，其重要性也被提升到更高的国家治理政治高度和国家认同的文化维度。

二、天山的文化地位与作用

"天山山脉从被称为世界屋脊的帕米尔高原北端向东一头扎进亚洲腹地中心区域的茫茫沙漠荒原之中，把世界上最为干旱的这个地方一分为二，形成一道连接亚洲东西的大陆桥。""天山的存在以及它涵养的水源、滋养的植被是亚欧大陆东西方古代交通得以大规模进行的基本保证。"①

（一）天山山脉的自然与文化特性

天山与中亚其他两个通道型山系昆仑山、阿尔泰山相比，最大的不同在于它具有东西、南北方向全地理范围的水草、气候、交通便利等方面的自然条件保障。

"从帕米尔山结开始向东延伸2500多公里的天山接纳和拦截来自北冰洋方向的水汽，其北坡形成了连绵不断的垂直分布绿色植被带。海拔1000米左右的山前地带是广阔的半干旱草场（春秋与冬季牧场）；海拔1200米至3000米左右是密集的天山雪松针叶林带和其中的林地草场（夏季牧场）；海拔3000至3600米左右是大面积高山草甸。因而在亚欧大陆腹地出现了一条2500公里的丰美水草分布带，保证了亚欧大陆人类文明开始以后各个阶段东西方向大规模人群迁移和大型商队运输的水草供给。山涧河流则又把绿洲远远地带向干旱盆地的深处。天山垭口以及低矮的地方也成为南北

---

① 巫新华：《天山的丝路地位与名称的中国文化意涵》，《新疆艺术（汉文）》2018年第2期。

方向的便捷通道。"①

  长龙一般的天山串联起南侧多数孤立的绿洲和北部连绵的绿洲、草场，成为商队、僧人、军队、部族人群迁移之路。"由于亚欧大商道的存在，荒漠绿洲与天山草原本身也就起了变化，即它不仅改变了早期绿洲农牧业各半的社会经济形态，使之主要转向农业，并同时最大限度地增加了贸易的因素。绿洲因而展现出中转市场的性质，并起到了商队驿站的作用。大型绿洲内的城镇、村落，呈现出商业都市的面貌。来自亚欧各文明区域最好的物流贸易所提供的商业利润推动了各个大型绿洲地理单元的财富积累，使其变成了绿洲商业城镇。"②

  唐代高僧玄奘在其《大唐西域记》序言中记述："赡部洲地有四主焉：南象主则暑湿宜象；西宝主乃临海盈宝；北马主寒劲宜马；东人主和畅多人。故象主之国，躁烈笃学，特闲异术，服则横巾右袒，首则中髻四垂，族类邑居，室宇重阁。宝主之乡，无礼义，重财贿，短制左衽，断发长髭，有城郭之居，务殖货之利。马主之俗，天资犷暴，情忍杀戮，毳帐穹庐，鸟居逐牧。人主之地，风俗机惠，

---

① 巫新华：《天山的丝路地位与名称的中国文化意涵》，《新疆艺术（汉文）》2018年第2期。

② 巫新华：《天山的丝路地位与名称的中国文化意涵》，《新疆艺术（汉文）》2018年第2期。

仁义照明，冠带右衽，车服有序，安土重迁，务资有类。三主之俗，东方为上。其居室则东辟其户，旦日则东向以拜。人主之地，南面为尊。方俗殊风，斯其大概。"① 玄奘所体现的唐代中国人的世界观，尽管有其局限性，但也具有一定的学术价值。把亚洲分为象主、人主、马主和宝主四国，象主之国为南亚次大陆的印度，人主之国为东亚的中国，马主之国为天山北部的游牧地带，而宝主之地则指天山南北两麓和其以西的绿洲区域。玄奘如此解释宝主——"有城郭之居，务殖货之利"，清楚地表现出西域天山在亚欧大陆区域交通与商贸的主导性作用。

"此外，天山山脉，还有一个不能等闲视之的作用，那就是引导草原游牧人群流入绿洲，并使之转变为绿洲农业居民的作用。从天山北部迁入绿洲地带的游牧人群会转入定居的农耕生活，而隔着这座山脉游牧的人群却鲜有改变。天山在相当长的历史时段里都是绿洲与游牧两种社会生活形态的分界。在天山山脉的庇护下，数千年来亚欧大陆东西方文化交流以及天山南北农耕、游牧两种社会生活形态的交互影响得以持续。"②

---

① 季羡林等校注：《大唐西域记校注》卷一，中华书局1985年版，第42—43页。
② 巫新华：《天山的丝路地位与名称的中国文化意涵》，《新疆艺术（汉文）》2018年第2期。

天山作为亚欧大陆中部最大和最重要的商贸物流通道，从东西方文明交流一开始便成为各方势力的争夺目标。这是因为控制了天山，就等于控制了丝绸之路这条亚欧贸易的最大商道。西域丝绸之路的争夺者主要是亚洲北部草原地带的中国游牧人群与东亚文明核心区域的中国农作文化人群。[1]

"古代中国历代王朝经营西域主要就是依靠文化影响力和武力，把天山南北的游牧部族势力从天山驱逐出去，把中亚绿洲诸国天然形成的东西贸易道路联通控制起来。实际效果就是通过商贸大通道以最合适的价格获取亚欧大陆其他文明所在区域最精华的高端物质产品、精神产品，也以控制方获利最多的价格把自己的优势产品销售出去，从而不言而喻地直接得到经济、文化、政治利益。同样西域商贸大通道也是游牧人群最大的财力、物力、人力来源地，谁控制了这里谁就会取得决定性的战略优势。汉朝的西域都护府，唐朝的安西都护府、北庭都护府等都是这种活动的体现。"[2]

---

[1] 参见〔日〕松田寿男《古代天山历史地理学研究》，陈俊谋译，中央民族学院出版社1987年版，第19—25页。
[2] 巫新华：《天山的丝路地位与名称的中国文化意涵》，《新疆艺术（汉文）》2018年第2期。

（二）历史视野中的天山

"天山"这个名称，最早见于成书于战国至西汉之间的《山海经》。《山海经》卷二《西山经》说"浑敦"在"天山"："天山……有神焉，其状如黄囊，赤如丹火，六足四翼，浑敦无面目，是识歌舞，实为帝江也。"[1]《史记·匈奴列传》："其明年，汉使贰师将军广利以三万骑出酒泉，击右贤王于天山，得胡首虏万余级而还。"[2]《汉书·武帝纪》把这一历史事件的发生时间定于天汉二年（前99）夏五月。

"天山"这一名称，早期可能指东天山。《后汉书·窦固传》记载，永平十六年（73），"固、忠至天山，击呼衍王，斩首千余级。呼衍王走，追至蒲类海。留吏士屯伊吾卢城"[3]。这里所说的伊吾地界，也就是天山山脉的最东端。

此后，天山的别名不断出现。《括地志》记载："天山一名白山，今名初罗曼山，在伊吾县北百二十里。伊州在京西北四千四百

---

[1] 袁珂：《山海经校注》，上海古籍出版社1980年版，第55页。
[2] （汉）司马迁：《史记·匈奴列传》，中华书局1959年版，第2917—2918页。
[3] （南朝宋）范晔撰，（唐）李贤等注：《后汉书·窦固传》，中华书局1965年版，第810页。

一十六里。"①《隋书·西突厥传》记载:"(处罗可汗)弃妻子,将左右数千骑东走。在路又被劫掠,遁于高昌东,保时罗曼山。"②《旧唐书·地理志》伊州伊吾县条目记载:"天山,在州北一百二十里,一名白山,胡人呼析罗曼山。"敦煌文书《沙洲伊州地志残卷》伊州柔远县条目记载:"时罗曼山县北四十里。按《西域传》,即天山。绵亘数千里。"③

此外,还有"祁连""天山"连称的现象。《史记·李将军列传》记载:"天汉二年秋,贰师将军李广利将三万骑击匈奴右贤王于祁连天山。"④另外,《汉书·霍去病传》等数篇中的"祁连山""天山"也指代今天的天山。上述文献同传又把天山中段叫作"(西域)北山",因其在狭义的西域即塔里木盆地以北而得名,它与盆地南边的"(西域)南山"亦即昆仑山相对。而今天的祁连山在当时也叫作"南山"或"汉南山"。隋唐时期,天山依当时西域部族人群的语言称作"时罗曼山""折罗曼山"等,同时与现代称呼一致的"天山"称呼也逐渐普及,而"祁连山"的名称逐渐远离天山、昆仑山,转而专指今天甘肃的祁连山。

---

① (唐)李泰等:《括地志辑校》卷四,中华书局1980年版,第229页。
② (唐)魏征等:《隋书·西突厥传》,中华书局1997年版,第1878页。
③ 王仲荦:《敦煌石室地志残卷考释》,中华书局2007年版,第231页。
④ (汉)司马迁:《史记·李将军列传》,中华书局2013年版,第2877页。

这样，一个清楚的历史现象就此呈现："天山"早期是天山山脉东部大山的名称，而且以"天"为名的大山脉有两个（今天的天山和今天的祁连山与昆仑山）。这两座巨大山脉又同时是丝绸之路新疆路段最主要的东西方向交通干线地区，也就是说"天山"名称的出现与古代中国与西域之外世界其他文明区域的文化交流、人员交往、物流有直接关系。

关于"天山"一名的语源，《史记·匈奴列传》记载："匈奴谓天曰撑犁。"唐代突厥语的"天"则音译为"登里""腾里"，或作"腾吉里"。牛汝辰引徐文堪的观点认为："这种同源异译的语言现象，清末学者文廷式早已察觉，他在《纯常子枝语》卷二八里作了如下论断：《汉书》匈奴称天曰'撑犁'，今蒙古称天曰'腾格里'，'腾格里'即'撑犁'之异译，此朔方语二千余年。……突厥语、蒙古语的 täŋri 或 teŋiri。词根 teŋ 源出动词'上升''飞翔'。本义为'上升'的这个突厥古语词，转义为'献牲''崇奉''尊敬'，因此，'天'就不仅指上天，而且被赋予了神灵的意思。这个词的沿革反映了古代匈奴人、突厥人、蒙古人的天神崇拜观念。"①

笔者以为，这个"天"已经是具有至上人格的天神。至于"析罗曼山""折罗曼山""时罗曼山""祁连山""贪汉山""腾格

---

① 牛汝辰：《天山（祁连）名称考源》，《中国地名》2016 年第 9 期。

里山"等音译天山之名，均出于古代阿尔泰语系诸语言中的天或天神之词Tangri，此即为天命观中受命于天之人格神天，以及亚洲北部草原地带萨满崇拜中最高神"腾格里"的天。

三、天命与昆仑、天山、撑犁、腾格里的文化一致性

中国古代哲学把天当作神，天能指命于人，决定人类命数。天命说早在商代已流行，少说迄今已有四千多年的历史。《礼记·表记》记载："殷人尊神，率民以事神，先鬼而后礼。"[1] 在从古器物发掘中所见到的甲骨卜辞、彝器铭文中，"受命于天"的刻辞不止一次出现。如大盂鼎铭文："王若曰：盂，丕显文王受天有大命，在武王嗣文作邦。"[2] 这件鼎是西周早期的，推断是康王时期的，明确表达了天命观。

天命观的主要内容为：天是自然界和人类社会的最高主宰者，是至上神；天的命令即"天命"，不可违抗。这样的天命观念，以至高无上、统辖万物的天为精神支柱，以"有命在天"的神学独断

---

[1] （元）陈澔注，金晓东校点：《礼记·表记》，上海古籍出版社2016年版，第608页。
[2] 罗建中：《〈大盂鼎铭〉解读》，《四川师范大学学报（社会科学版）》1997年第3期。

论为理论核心。

不仅仅夏商周三代的早期中国农作社会把天作为最高权力之所在，与之临近的北方阿尔泰语系各部族也同样奉天为至上神。即便今天，生活在中国北部草原地带的阿尔泰语系突厥语族与满—通古斯语族等部族人群依然如此。

（一）北方部族的天命信仰

中国北方部族人群天崇拜最早见于史籍的，是秦汉之际匈奴人的天崇拜。匈奴自称像天一样广大，匈奴王自言"天地所生日月所置匈奴大单于"[1]。匈奴称天为"撑犁"（Tengri），《汉书·匈奴传》记载："单于，其国称之曰'撑犁孤涂单于'。匈奴谓天为'撑犁'，谓子为'孤涂'，单于者，广大之貌也，言其象天单于然也。"[2] "撑犁"今译"腾格里"，即天。韩儒林先生指出："'甘教'所崇拜者为天，其字为Tengri，唐译'腾里''登里'等等，实含天及天神二意。"[3] 郝苏民先生认为：Tengri所指的天，不是天本身，而是被神化了的天，

---

[1] 孟慧英：《萨满教的天神与天命》，《内蒙古社会科学（汉文版）》2000年第1期。
[2] 孟慧英：《萨满教的天神与天命》，《内蒙古社会科学（汉文版）》2000年第1期。
[3] 韩儒林：《穹庐集——元史及西北民族史研究》，上海人民出版社1982年版，第286页。

是信奉萨满的蒙古人至高无上的神。①

《后汉书·东夷列传》记载，古扶余人"以腊月祭天，大会连日，饮食歌舞，名曰：迎鼓"。《三国志·魏书·乌丸鲜卑东夷传》记载，高句丽人"以十月祭天，国中大会，名曰东盟"。公元6世纪突厥兴起，《周书·突厥传》记载："突厥者，盖匈奴之别种。"突厥也有敬天拜日的传统，突厥文碑铭中，突厥人把上天和水土作为神圣的保护神而赞颂和敬奉。天命观在突厥统治者的政治生活中也有重要的作用，《阙特勤碑》及《毗伽可汗碑》一再说："朕同天及天生突厥毗伽可汗"；"承上天之志，历数在躬，朕立为可汗"。②提到骨咄禄重建后突厥政权时说道："固天赋以力，吾父（骨咄禄）可汗之军有如狼，敌人有如羊。"③ 突厥之天即 Tengri，《突厥语大词典》tängri 词条：tängri，天、上苍，尊者至上的天。④

《辽史·礼志一》记载："祭山仪，设天神、地祇位于木叶山。"《金史·礼八》记载："金因辽旧俗，以重五、中元、重九日行拜

---

① 参见郝苏民《鲍培八思巴字蒙古文献语研究入门》，民族出版社2008年版，第164页。
② 韩儒林：《突厥文阙特勤碑译注》，载北平研究所《国立北平研究院务汇报》第6期，国立北平研究院，1935年。
③ ［法］勒内·格鲁赛：《草原帝国》，蓝琪译，商务印书馆1998年版，第142页。
④ 参见麻赫穆德·喀什噶里《突厥语大词典》卷3，新疆人民出版社1984年版，第514—515页。

天之礼。"《金史·礼一》南北郊记载:"金之郊祀,本于其俗有拜天之礼。"《元史·祭祀志》记载:"元兴朔漠,代有拜天之礼。"从清代文献档案《满文老档·太祖朝》《清太宗实录》中可见,从努尔哈赤立朝开始,举凡用事、用人、用兵,一概不离"天灵""天兆""天意""天理""天助""天佑""天命"。公元1616年,努尔哈赤统一了女真各部,建立了后金,建元即"天命"。① 乾隆朝更是颁布《钦定满洲祭神祭天典礼》,祭天成为满人的主要祭祀活动。

(二)天命信仰的广谱性

"古代中国的'天'这一词,既用以称物质的'天',又用来称精神上的'天',古代匈奴、突厥、蒙古等族的'撑犁'或'腾格里'也一样。"② 这里所说的精神上的天,即韩儒林先生所说的"天神"。何星亮先生说:"古代突厥人和蒙古人的'腾格里'也一样,均为一词两义。……精神和物质的天混为一谈是毫不奇怪的,是很

---

① 参见孟慧英《萨满教的天神与天命》,《内蒙古社会科学(汉文版)》2000年第1期。
② 何星亮:《中国自然神与自然崇拜》,生活·读书·新知三联书店上海分店1992年版,第53页。

自然的。"①笔者以为,"昆仑"词义的天与天山的天同样都是天命之山、通天之山的天。

中国文化的天命观形成于夏商时期,距今至少有 4000 年的历史。如上所述,"昆仑"意为天,应该得名于古阿尔泰语系诸语言,"天山"及其别名"析罗曼山""折罗曼山""时罗曼山""祁连山""贪汉山""腾格里山"等或是意译或是音译,应该出现于先秦时期,也是阿尔泰语系诸语言中的天之词 Tangri,即天命观受命于天之天。

这些都是地地道道的天命观思想,不但用来解释王朝的兴衰、国家改朝换代以及个人命运,还代表着中国古代先民对自然界和社会人生的集中观照和认识,并通过规范个体思维与行为的方式和谐着社会生活各个方面。在中国古代思想中,天人两者,并无隐现分别。除却人生,又从何处来讲天命?这种观念,除中国外,为全世界其他文化所少有。天命、人生和合为一这一观念,中国古人早有认识。

综上所述,现今的昆仑山,秦汉时期存在两个名称——"西域南山"与"祁连山",汉武帝钦定昆仑。"昆仑""祁连""撑犁""腾

---

① 何星亮:《中国自然神与自然崇拜》,生活·读书·新知三联书店上海分店 1992 年版,第 45 页。

格里"等名称无一例外，基本词义都是"天"，用于西域大山脉的命名，无非表达此地山脉之重要以及天崇拜的文化思想。中国北方部族有天（"腾格里"）崇拜，汉代就已经完成"奉天承运"和"天谴弗违"的从自然崇拜到哲学宗教思想体系的构建。无论从文化机理与核心内涵看，还是从历史发展过程看，人们都趋同于天命观。如此看来，"昆仑山""天山""祁连山"便同样蕴含天命观。

我们可以明确地说，腾格里崇拜与天崇拜完全属于同一个文化系统，是一样的天命信仰和天命观。"昆仑""天山"的名称既表达了西域大山的重要性，也表明中国天命思想在西域上古的存在。正是这样的天命思想，造就了古代中国南北东西各地区普遍的天下认同，这也是中国五千多年文明生生不息的文化根源。

（原载《西北民族研究》2021年第2期）

百年党史与革命文艺

崔柯、秦兰珺、李静、鲁太光

2021年是中国共产党成立100周年。中国人民迎来了"两个一百年"奋斗目标历史交汇的关键节点。在这样的重大时刻，回望百年党史，凝眸庄严党章，激发党员初心，牢记党员使命，意义格外深远。在党史学习教育动员大会上，习近平总书记发表重要讲话，号召全党把党的历史学习好、总结好，把党的成功经验传承好、发扬好，做到学史明理、学史增信、学史崇德、学史力行，为学习教育的开展指明了方向。

在百年党史中，有这样一支队伍，他们以梦为马，以笔为旗，用创作为我们党熔铸魂魄，为中国人民树立精神，为中华民族挺直脊梁，这就是党的文艺工作者。他们创建了革命文艺，为中国革命胜利立下了卓越功勋，并深刻地影响了社会主义文艺发展。在庆祝我们党百年华诞的时刻，回顾革命文艺传统，思考革命文艺价值，借鉴革命文艺经验，推动当前文艺发展，对于党的文艺工作者来说，意义同样重大。

本文从"马克思主义经典作家与革命文艺""中国共产党早期领导人、理论家与革命文艺""中国共产党与革命文艺建制""革命文艺与人民中国"四个方面,对革命文艺的指导思想、独特建制、历史作用,特别是理论体系建设、文艺体制建设、文艺形式建设、文艺功能建设等方面的经验进行了总结,为中国特色社会主义新时代文艺发展提供借鉴。

一、马克思主义经典作家与革命文艺

纵观世界历史,没有一个政党像马克思主义政党这样重视文艺。这是因为马克思主义将文艺视为人类进步事业的有机组成,视为凝聚无产阶级精神、动员无产阶级革命、建设未来社会的必要手段,善于在整体历史结构中观察文艺,既重视美学价值,亦重视社会价值。这在马克思、恩格斯、列宁等马克思主义经典作家那里,都有鲜明体现。

19世纪40年代,马克思和恩格斯相遇,开始了终其一生的伟大友谊,共同创立了世界上最重要的一种学说——马克思主义。马克思、恩格斯不是书斋里、学院里的理论家,而是将理论批判和现实批判结合在一起的思想家。他们通过对经济、政治、哲学等各个领域的全面考察，对资本主义制度进行了激烈批判，对未来社会发展和人的全面解放的理想图景进行了深度描绘，为无产阶级解放事业提供了科学指导。他们的文艺观是整个批判理论体系的必要一环。与马克思和恩格斯同时代或稍后的理论家，如拉法格、梅林、普列汉诺夫、卡尔·李卜克内西、卢森堡等，继承了马克思、恩格斯开创的以唯物史观和唯物辩证法看待文艺问题的传统，发展了马克思主义文艺学说。19世纪末20世纪初，列宁将马克思主义推进到一个新的阶段——列宁主义的阶段。

马克思主义经典作家对文艺的思考和阐释，与无产阶级革命运动密切相关，他们都将实践品格视为文艺的基本特征，将文艺作为进步事业的有力推手。马克思将文艺作为一种具有能动性的意识形态表现形式，他在《政治经济学批判·序言》中指出："随着经济基础的变更，全部庞大的上层建筑也或慢或快地发生变革。在考察这些变革时，必须时刻把下面两者区别开来：一种是生产的经济条件方面所发生的物质的、可以用自然科学的精确性指明的变革，一种是人们借以意识到这个冲突并力求把它克服的那些法律的、政治的、宗教的、艺术的或哲学的，简言之，意识形态的形式。"[1]可见，

---

[1] 马克思：《政治经济学批判·序言》，载《马克思恩格斯全集》第十三卷，人民出版社1962年版，第9页。

马克思主义创始人不是像西方现代文论家那样,单纯地从审美、形式等方面看待文艺,而是将其视为能动地反映社会生产发展过程中出现的矛盾、冲突的意识的一种形式。因此,在具体论述文艺问题时,他们总是从文艺与现实的关系出发,从中透视社会矛盾冲突和历史发展规律。如马克思认为,现代英国一批优秀的作家通过小说"对资产阶级的各个阶层,从'最高尚的'食利者和认为从事任何工作都是庸俗不堪的资本家到小商贩和律师事务所的小职员,都进行了剖析",所揭示的社会政治状况"比一切职业政客、政论家和道德家加在一起所揭示的还要多"。[1] 恩格斯则留意到当时德国小说创作风向的变化,即主人公不再是国王和王子,而是穷人和受轻视的阶级,文学作品开始表现穷人的生活和命运,因而称赞代表这一创作倾向的作家乔治·桑、狄更斯等为"时代的旗帜"。对于那些描写了无产阶级生活、使社会开始关注无产者状况的作品,如欧仁·苏的小说《巴黎的秘密》,恩格斯也及时给予充分的肯定。

"哲学家们只是用不同的方式解释世界,而问题在于改变世界。"[2] 马克思、恩格斯认为文艺也应具有"改变世界"的能动性,

---

[1] 马克思:《英国资产阶级》,载《马克思恩格斯全集》第十卷,人民出版社1962年版,第686页。
[2] 马克思:《关于费尔巴哈的提纲》,载《马克思恩格斯全集》第三卷,人民出版社1960年版,第6页。

他们非常看重在各个历史阶段人民反抗斗争中产生的、具有革命性质的文艺作品，对其进步内容和现实意义给予阐发、褒扬。如恩格斯认为，爱尔兰民歌记录了几百年中反抗英国殖民者压迫的英雄行为，其内容、形式是由爱尔兰民族备受压迫的历史和现实所决定的，其风格则是爱尔兰民族现实处境的体现，他指出："这些歌曲大部分充满着深沉的忧郁，这种忧郁直到今天也还是民族情绪的表现。当统治者的压迫手段日益翻新、日益现代化的时候，难道这个被统治的民族还能有其他的表现吗？"[1] 而在南德的"人民自卫团"到处传唱的一段歌词中，则"描述了他们对于社会关系和政治关系的全部观点"[2]。

马克思主义创始人将无产阶级视为资产阶级掘墓人，指出无产阶级的历史使命就是通过消灭资本主义，解放自己，进而解放全人类。与此相应，他们认为文艺也应和无产阶级革命运动紧密联系。在赋予无产阶级新的历史使命的同时，马克思主义创始人也呼唤文艺上无产阶级代表人物的出现。恩格斯在高度肯定但丁作为"中世纪的最后一位诗人，同时又是新时代的最初一位诗人"宣告了"封

---

[1] 恩格斯：《爱尔兰歌曲集代序》，载《马克思恩格斯全集》第十六卷，人民出版社1964年版，第575页。

[2] 恩格斯：《德国维护帝国宪法的运动》，载《马克思恩格斯全集》第七卷，人民出版社1959年版，第129页。

建的中世纪的终结和现代资本主义纪元的开端"的伟大意义后，紧接着就热情呼告无产阶级在日益蓬勃的革命运动中要出现自己的但丁："意大利是否会给我们一个新的但丁来宣告这个无产阶级新纪元的诞生呢？"①

当然，马克思、恩格斯也清醒地意识到，无产阶级完全取代资产阶级的历史条件尚未成熟，优秀的无产阶级文艺作品的出现有待于工人阶级斗争的进一步发展和历史意识的进一步觉醒，在致拉萨尔的信中，恩格斯同意拉萨尔所提出的"德国戏剧具有的较大的思想深度和意识到的历史内容，同莎士比亚剧作的情节的生动性和丰富性的完美的融合，大概只有在将来才能达到"②。因此，马克思主义创始人对文艺的论述更多是从现实状况出发，考察文艺对无产阶级运动的促进作用。他们推重那种直截了当地体现无产阶级革命意识的作品，认为这些作品有助于宣传社会主义思想、启蒙工人的革命意识。如马克思认为，在西里西亚纺织区流行的革命歌曲中，无产阶级"毫不含糊地、尖锐地、直截了当地、威风凛凛地厉声宣布，它反对私有制社会"，这使得"西里西亚起义一开始就恰好做

---

① 恩格斯：《致意大利读者（"共产党宣言"1893年意大利文版序言）》，载《马克思恩格斯全集》第二十二卷，人民出版社1965年版，第431页。
② 恩格斯：《致斐迪南·拉萨尔（1859年5月18日）》，载《马克思恩格斯全集》第二十九卷，人民出版社1972年版，第583页。

到了法国和英国工人在起义结束时才做到的事,那就是意识到无产阶级的本质"。[1]恩格斯则褒扬德国画家许布纳尔的一幅画,因为"画面异常有力地把冷酷的富有和绝望的穷困作了鲜明的对比",体现了德国画家的社会主义倾向,并给观众灌输了社会主义意识,它"所起的作用要比一百本小册子大得多"。[2]

"要扬弃私有财产的思想,有思想上的共产主义就完全够了。而要扬弃现实的私有财产,则必须有现实的共产主义行动。"[3]诚如此言,马克思、恩格斯的首要目的是改造现实世界,但由于客观原因,他们未能看到社会主义在一国的胜利,因而他们主要是在理论上为无产阶级革命和人类解放事业做了准备。十月革命胜利,社会主义制度在苏联建立,列宁不仅从思想上继承和发展了马克思、恩格斯的学说,而且领导了无产阶级革命运动,并取得胜利,进而将马克思主义从理论层面提升到现实层面。在文艺方面也是如此。和马克思、恩格斯一样,列宁不是专门的文论家,却非常重视文艺,

---

[1] 马克思:《评"普鲁士人"的"普鲁士国王和社会改革"一文》,载《马克思恩格斯全集》第一卷,人民出版社1956年版,第483页。

[2] 恩格斯:《共产主义在德国的迅速进展》,载《马克思恩格斯全集》第二卷,人民出版社1957年版,第589页。

[3] 马克思:《1844年经济学哲学手稿》,载《马克思恩格斯全集》第三卷,人民出版社2002年版,第347页。

他对文艺的看法和俄国革命中出现的现实问题密切相关，甚至是短兵相接的。如在列夫·托尔斯泰80岁诞辰之时和他逝世后，资产阶级自由派将托尔斯泰称为"公众的良心""生活的导师""文明人类的呼声"，却对托尔斯泰作品中提出的尖锐的社会问题视而不见。列宁则以充满革命精神的辩证法指出，托尔斯泰一方面是一个主张非暴力抵抗的地主；另一方面，他的作品真实地表现了俄国旧的宗法制急剧崩溃的现实、农民的悲惨生活和他们的情绪、观点、反抗行动，以及俄国社会现实存在的矛盾冲突、资产阶级革命的历史特点，为无产阶级革命提供了重要启示，因此其可被视作"俄国革命的镜子"。对于伟大的无产阶级作家高尔基，列宁则赞美他"通过自己的伟大的艺术作品同俄国和全世界的工人运动建立了非常牢固的联系"[①]。不仅如此，列宁还努力帮助高尔基，当高尔基的思想游移不定，甚至出现错误时，列宁会跟他进行诤友式的辩论，开展同志式的批评，甚至尖锐的批评。一战爆发，高尔基在倾向错误的"反德宣言书"上签名后，列宁就发表了《致〈鹰之歌〉的作者》一文，提醒高尔基珍惜自己在工人阶级中的声誉，避免导致一些觉

---

① 列宁：《资产阶级报界关于高尔基被开除的无稽之谈（1909年11月28日[12月11日]）》，载《列宁全集》第十九卷，人民出版社1989年版，第153页。

悟不够高的工人因为信任他而迷失方向。①

与其他马克思主义经典作家相比，列宁最突出的贡献是从党的工作实际和革命情势出发，提出应当"把文学批评也同党的工作，同领导全党的工作更紧密地联系起来"②，即提出了文学的"党性原则"。1905年，在俄国资产阶级民主革命高潮推动下，沙皇政府被迫宣布允许人民有言论、集会、结社、出版自由。此时主持布尔什维克中央工作的列宁敏锐地意识到，应该抓住这个机会，加强党对革命运动的领导，改进党的组织和宣传工作。他发表了著名的《党的组织和党的出版物》，阐明了文艺在整个无产阶级革命事业中的地位与作用，明确宣称："对于社会主义无产阶级，写作事业不能是个人或集团的赚钱工具，而且根本不能是与无产阶级总的事业无关的个人事业。无党性的写作者滚开！超人的写作者滚开！写作事业应当成为整个无产阶级事业的一部分，成为由整个工人阶级的整个觉悟的先锋队所开动的一部巨大的社会民主主义机器的'齿

---

① 参见杨柄《[代序]文艺和美学的列宁主义时代》，载杨柄编《列宁论文艺与美学》（上），漓江出版社1988年版，第41页。

② 列宁：《致阿·马·高尔基（1908年2月7日）》，载《列宁全集》第四十五卷，人民出版社1990年版，第171页。

轮和螺丝钉'。"①

"齿轮和螺丝钉"的说法，一度被误解为文艺创作的个性和自由受到了束缚。其实，列宁提出这个论断的时候，是意识到这个问题的，他指出，"齿轮和螺丝钉"是一个有缺陷的比喻，在文艺创作中，作家、艺术家当然可以保持个性和风格，但党的文艺事业绝不能脱离"党性原则"这个大前提，"无论如何必须成为同其他部分紧密联系着的社会民主党工作的一部分"②。针对当时资产阶级宣称"创作自由"，鼓吹"非党的革命性"等观点，列宁指出，用"党性原则"武装起来的作家、艺术家，不依附于资本的收买和豢养，"因为把一批又一批新生力量吸引到写作队伍中来的，不是私利贪欲，也不是名誉地位，而是社会主义思想和对劳动人民的同情"，"它不是为饱食终日的贵妇人服务，不是为百无聊赖、胖得发愁的'一万个上层分子'服务，而是为千千万万劳动人民，为这些国家的精华、国家的力量、国家的未来服务"③。这样的文艺是真正自由的文艺。

---

① 列宁：《党的组织和党的出版物（1905年11月13日[26日]）》，载《列宁全集》第十二卷，人民出版社1987年版，第93页。
② 列宁：《党的组织和党的出版物（1905年11月13日[26日]）》，载《列宁全集》第十二卷，人民出版社1987年版，第94页。
③ 列宁：《党的组织和党的出版物（1905年11月13日[26日]）》，载《列宁全集》第十二卷，人民出版社1987年版，第96—97页。

列宁的这一论述为革命文艺、社会主义文艺发展以及党领导文艺工作，提供了充分的理论依据。

概言之，马克思主义经典作家为理解、阐释文艺问题提供了唯物论和辩证法的科学理论基础，他们看重文艺的实践品格，尤其推重文艺介入现实、改造社会、推动无产阶级革命的功能，提出了"党的文学"原则，这为中国共产党人领导文艺运动提供了有力的思想资源。

二、中国共产党早期领导人、理论家与革命文艺

十月革命一声炮响，为中国送来了马克思主义，也送来了马克思主义文艺理论。具体来说，中国共产党人在领导中国革命的过程中，不仅学习、借鉴马克思主义，而且"把马克思列宁主义的理论应用于中国的具体的环境"，使之"在中国具体化"。[①]进而发展了马克思主义，发展了马克思主义文艺理论，使我们党能够正确地领导文艺、发展文艺，最后创建了革命文艺。这主要体现在陈独秀、李大钊、瞿秋白等我们党早期领导人、理论家的论述中，而毛泽东

---

① 毛泽东：《中国共产党在民族战争中的地位》，载《毛泽东选集》第二卷，人民出版社1991年版，第534页。

则是其集大成者。

陈独秀是"新文化运动的总司令",也是我们党早期主要领导人。意识到中国革命器物、制度层面的失败皆因缺少思想层面的支撑,他于1915年创办《新青年》,不仅为知识精英讨论启蒙救国思想提供了文化阵地,而且在五四运动后逐步发展为传播马克思主义的重要平台,为马克思主义文艺理论在现代中国的亮相,做了环境和文化上的铺垫。1917年,他在《新青年》发表《文学革命论》,提出"三大主义"——平易的抒情的国民文学、新鲜的立诚的写实文学、明了的通俗的社会文学——的新文艺主张,矛头直指旧文艺,呼唤新文艺的诞生。[1]

陈独秀的文艺论述集中在他1920年从事政治革命之前,在精神实质上和马克思主义文艺观有诸多契合。首先,他十分注重利用老百姓喜闻乐见的文艺形式。早在办《安徽俗话报》期间,他就意识到民间通俗文艺在开民智、造新人上的价值。在《论戏曲》中,他一改知识精英对通俗艺术的鄙夷,认为"戏馆子是众人的大学堂,戏子是众人的大教师",由此提出"多多的新排有益风化的戏""可采用西法"等戏曲改良方案。[2] 其次,他十分推崇现实主义的文艺

---

[1] 参见陈独秀《文学革命论》,载《陈独秀文集》第一卷,人民出版社2013年版,第202、203页。

[2] 陈独秀:《论戏曲》,载《陈独秀文集》第一卷,人民出版社2013年版,第67、69页。

方向。在《现代欧洲文艺史谭》中,他以文学进化论为指导,认为"十九世纪之末,科学大兴,宇宙人生之真相,日益暴露,所谓赤裸时代,所谓揭开假面时代……文学艺术,亦顺此潮流,由理想主义,再变而为写实主义(Realism),更进而为自然主义(Naturalism)"①。他赞赏"文章以纪事为重""绘画以写生为重"的现实主义方向,并以此为原则,对中西古今文艺展开批评。最后,他注重"实写社会",尤其是对下层社会的"实写"。他直言:"吾辈有口,不必专与上流社会谈话。人类语言,亦非上流社会可以代表。优婉明洁之情智,更非上流社会之专有物。"②他身体力行,翻译雨果的《悲惨世界》,撰写《贫民的哭声》,其新诗中更是洋溢着对劳工阶级的深沉爱意与礼赞。《答半农的D—诗》中那"我不会做屋,我的弟兄们造给我住;我不会缝衣,我的衣是姊妹们做的;我不会种田,弟兄们做米给我吃……倘若没有他们,我要受何等苦况!"③的诗句,俨然是后来"劳工神圣"的前奏。

需要指出的是,陈独秀的文艺思想存在一定的复杂性,但这种复杂甚至矛盾的状态,一方面反映了新文化运动时期不同思潮并兴

---

① 陈独秀:《现代欧洲文艺史谭》,载《陈独秀文集》第一卷,人民出版社2013年版,第119页。

② 水如编:《陈独秀书信集》,新华出版社1987年版,第88页。

③ 陈独秀:《答半农的D—诗》,《新青年》1920年第7卷第2号。

的时代特征,另一方面也体现了启蒙文艺自身的内在张力。这一切,都需在革命文艺的发展中得以克服。

　　李大钊则表现出更高的理论自觉性。作为在中国最早译介、研究、宣传马克思主义的先驱,在文艺方面,李大钊不仅亲自参与到文艺批评实践中,而且对马克思主义文艺理论早期中国化作出了自己的贡献。可以说,他的《我的马克思主义观》开启了马克思主义中国化的进程。在这篇文章中,他明确指出:"我们主张以人道主义改造人类精神,同时以社会主义改造经济组织。不改造经济组织,单求改造人类精神,必致没有效果。不改造人类精神,单等改造经济组织,也怕不能成功。"[1]可见,李大钊已认识到经济组织和人类精神的关系,认识到精神改造之于中国革命的重要性。不过,这里的马克思主义受到了诸如"博爱"等启蒙思想和诸如"仁爱"等传统伦理价值的影响。这种混合着人道主义的马克思主义也延续到了《什么是新文学》。在这篇开启了马克思主义文论中国化序幕的文章中,李大钊强调:"我们所要求的新文学,是为社会写实的文学,不是为个人造名的文学;是以博爱心为基础的文学,不是以好名心为基础的文学;是为文学而创作的文学,不是为文学本身以外

---

[1] 李大钊:《我的马克思主义观》,载《李大钊全集》第三卷,人民出版社 2006 年版,第 35 页。

的什么东西而创作的文学。"① 可以看到，在对"文艺何为""何为文艺"这一对核心问题的回应中，文艺的意识形态功能、写实主义倾向、人道主义精神和文艺本位思想等这些并非完全兼容的元素，在这里是共存的。这是早期思想译介难免出现的现象。需要指出的是，尽管思想中存在人道主义因素，但这并没有影响李大钊明确指出十月革命是"庶民的胜利"，而中国的"庶民"则是劳工阶级，是占劳工阶级大多数的农民，他们不解放则中国不解放，因而新文艺的主要服务对象应该是劳工阶级。在《劳动教育问题》中，他明确提出，现代的著作"必需用开[通]俗的文学，使一般苦工社会也可以了解许多的道理"②。在《青年与农村》中，他进一步提出："要想把现代的新文明，从根底输入到社会里面，非把知识阶级与劳工阶级打成一气不可。"③ 由是可知，李大钊已认识到，劳工不仅是新文艺服务和描写的对象，更是文艺青年在思想情感上需要认同的对象，可以说，正是从这里开始，党的文艺的服务对象已开始指向工农。

---

① 李大钊:《什么是新文学》，载《李大钊全集》第三卷，人民出版社 2006 年版，第 129 页。
② 李大钊:《劳动教育问题》，载《李大钊全集》第二卷，人民出版社 2006 年版，第 292 页。
③ 李大钊:《青年与农村》，载《李大钊全集》第二卷，人民出版社 2006 年版，第 304 页。

如果说在陈独秀、李大钊那里，马克思主义文艺理论尚处于自发状态，那么到了瞿秋白，中国化的马克思主义文艺理论则已初具雏形。

瞿秋白是"五四"之后首位系统译介马克思主义文艺理论的理论家，并率先运用马克思主义的立场、观点，较为系统地论述革命文艺问题，初步建构了中国化的马克思主义文论体系，为我们党文艺思想的形成提供了必要条件。同时，他还积极从事文艺创作实践，提倡"革命文学"，亲自领导"左翼"文化运动，是中国革命文艺事业的重要奠基者。瞿秋白较为成熟的文艺思想主要集中在他20世纪30年代返回文艺园地之后。他的《"现实"——马克思主义文艺论文集》系统诠释了马克思主义文艺批评体系，被认为是"马克思主义文艺理论在中国第一次得到完整、系统而正确的阐释"[①]。在《"五四"和新的文化革命》中，他反思了新文化运动的资产阶级性质，认为它不能完成所宣称的革命任务，进而提出"新的文化革命已经在无产阶级领导之下发动起来，这是几万万劳动民众自己的文化革命，它的前途是转变到社会主义革命的前途"[②]。《〈鲁迅杂感选集〉序言》将鲁迅杂文放在中国整体社会背景中加以分析，

---

① 胡明：《经典的当时与未来——重读瞿秋白马克思主义文艺观的译介与诠释》，《清华大学学报（哲学社会科学版）》2007年第5期。
② 瞿秋白：《"五四"和新的文化革命》，载《瞿秋白文集》文学编第三卷，人民出版社1989年版，第22页。

指出其产生原因、性质、作用等，突出其运动美学特色，高度肯定鲁迅在中国现代文艺史上的地位，这是从马克思主义文艺理论的高度对鲁迅杂文、鲁迅思想作出科学评价的最早文献。

需要特别指出的是，随着马克思主义的译介传播和国际国内革命形势的发展，瞿秋白的文艺思想呈现出更鲜明的立场性、斗争性和实践性，他明确提出了文艺的政治性和阶级性问题。在《文艺的自由和文学家的不自由》中，他直言文学是在经济基础上产生的上层建筑中的一种意识形态，因而文学的性质就是政治性和阶级性。在《普罗大众文艺的现实问题》中，他提出了大众文艺的方向问题，分析了建设无产阶级文艺要解决的现实问题，并给出了相应回答。不难看出，瞿秋白的文艺思想已开始尝试将一种抽象的观念落实为一种具体的实践，并试图以一系列可操作的运动和机制来保障其落实。我们可以感到它与《在延安文艺座谈会上的讲话》在精神气质上的诸多相通之处，呼唤着毛泽东文艺思想这一中国化的马克思主义文艺理论新阶段的到来。

讨论马克思主义文艺理论中国化问题，不能忽视左翼文艺家的贡献，其代表是鲁迅。鲁迅不仅以创作为中国现代文学树立典范，而且在文艺实践中，特别是领导左翼文艺运动的实践中，提出了自己的马克思主义文艺观。在《文学和出汗》中，他以"香汗"和"臭汗"的形象说法，强调了文艺的阶级性。在《"这也是生活"……》

中，他以"无穷的远方，无数的人们，都和我有关"[①]，强调了文艺的人民性。在文艺与政治、文艺与宣传等方面，他也发表了许多精深见解。

马克思主义文艺理论进入中国，逐渐落地生根，一步步走向"中国化"，是陈独秀、李大钊、瞿秋白等早期党的领导人和理论家集体探求的结果，也是鲁迅等"革命同路人"、左翼文艺家孜孜以求的结果。经过20多年的艰难实践，逐步完善成熟，到了20世纪40年代的延安，到了毛泽东那里，到了《新民主主义论》，到了《在延安文艺座谈会上的讲话》，终于由量变到质变，呈现出"中国化"的科学形态。

作为党的领袖，毛泽东在文艺上投入了大量时间和精力，在不同年代都有相关论述，其诗词、散文、书法创作，对古今作家作品评点更是贯穿生命始终。这样的持久度和涉猎面极为罕见。但和马克思主义经典作家一样，他很少就文艺论文艺，而是将其放到革命事业全局中统筹考虑，因而不同于一般的文艺理论家和具体的文艺工作者，表现出既精深又宏阔的特征。这在《新民主主义论》中体现得十分明显，在这篇马克思主义理论中国化的经典文献中，毛泽东

[①] 鲁迅：《"这也是生活"……》，载《鲁迅全集》第六卷，人民文学出版社2005年版，第624页。

在对国际国内时局和中国革命进程的辩证分析中，对中国革命发展阶段进行了科学定位——新民主主义，进而对其经济、政治和文化特点展开深入剖析，指出新民主主义文化应该是民族的、科学的、大众的。为了给其树立一个可感、可触、可学的典范，毛泽东还将鲁迅称为"文化新军的最伟大和最英勇的旗手"，提出"鲁迅的方向，就是中华民族新文化的方向"。[①]

但只是指出方向、树立榜样还远远不够，重要的是如何落实，即中国共产党在领导无产阶级初步掌握政权、有条件推进大规模革命运动的阶段，该如何领导文艺工作，创造出符合时代需要、人民需要的新型文艺？《在延安文艺座谈会上的讲话》中，毛泽东对这一问题进行了立体式回答，创造了中国化马克思主义文艺理论的完整体系。不同于一般的学究之见，毛泽东抛弃了"何为文艺"之类的抽象定义式讨论，首先将革命文艺定性为中国革命运动的有机力量，即革命文艺是"整个革命机器的一个组成部分"，"作为团结人民、教育人民、打击敌人、消灭敌人的有力的武器"。[②] 这个问题一解决，文艺工作者的立场问题、态度问题、工作对象问题、工

---

① 毛泽东：《新民主主义论》，载《毛泽东选集》第二卷，人民出版社1991年版，第698页。

② 毛泽东：《在延安文艺座谈会上的讲话》，载《毛泽东选集》第三卷，人民出版社1991年版，第848页。

作问题、学习问题就迎刃而解。由此出发,毛泽东创造性地回答了"文艺是为什么人的"和"如何为"的问题。他明确提出,革命文艺要为以工农兵为主体的人民大众服务。这比笼统的"国民""平民""大众"都更具体可行。关于"如何为",他也没有拘泥于文艺内部来回答,而是要求文艺家转变情感和思想立场,与人民群众相结合。因为,生活是文学艺术取之不尽用之不竭的源泉,如果能与人民群众打成一片,就不仅解决了立场、情感问题,解决了文艺创作的源泉问题,而且也解决了普及与提高的问题。文艺与人民群众相结合,是马克思主义文艺理论的"元命题"。只有到了毛泽东这里,才得到比较圆满的解决,即这不仅是一种理论要求,更是一种要在革命文艺实践中不断被落实、推进的创造性活动。正是对这个"元命题"的正确回答,使马克思主义文艺理论在中国发展到新阶段,初步完成了"中国化"的任务,指导革命文艺发展壮大。

三、中国共产党与革命文艺建制

马克思主义文艺理论中国化的成果不仅体现在理论创建上,更重要的是体现在我们党对革命文艺的创制上,即我们党在领导革命文艺的过程中不仅对文艺创作的主题、题材、语言、风格等进行再造,而且创建了全新的文艺生产机制与文艺美学。最重要的是,我们党创制文艺的核心目的，在于塑造"新人"——培育新中国的历史主体。从这个意义上看，革命文艺的创制不仅关乎"技"，更近乎"道"。不过，千里之行始于足下，这一切首先要从我们党对文艺制度的创建说起。

在早期革命文艺中，文艺社团、报刊就开始发挥积极作用。春雷响，万物生。1924年成立的春雷社已体现出鲜明的革命倾向。1930年3月，在中国共产党领导下建立了全国性的左翼作家组织——中国左翼作家联盟（以下简称"左联"）。"左联"作家在文化战场上纵横搏击，开辟了一批传播革命思想的文艺园地，对20世纪30年代的文艺发展产生了巨大影响，诚如茅盾所言："'左联'在我国现代文学史上，有着光荣的地位，它是中国革命文学的先驱者和播种者。"[1]在帝国主义的催逼下，左翼文艺迅速发展，中国共产党领导的革命文艺也自觉地朝着高度组织化、纪律化的方向迈进，并致力于服务各阶段的革命任务。

进入全面抗战后，1937年"陕甘宁边区文化界救亡协会"（以下简称"文协"）成立，负责领导和推动边区文化运动。1938年4月，毛泽东、艾思奇和周扬等人发起成立了影响深远的鲁迅艺术学

---

[1] 茅盾：《在纪念"左联"成立五十周年大会上的书面发言》，载中国社会科学院文学研究所《左联回忆录》编辑组编《左联回忆录》，知识产权出版社2010年版，第1页。

院（以下简称"鲁艺"）。"鲁艺"打破了旧有的文学艺术教育模式，创造性地将艺术与革命结合起来，兼顾普及与提高、艺术性与实用性，在文艺教育制度方面开创新局。何其芳认为"鲁艺"及时地培养了创作、理论和组织方面的人才，还强调"无论创作家，理论家，在整个文艺运动当中都应该起一定的组织作用"[①]。这刷新了对文艺功能的理解，也更新了对文艺创作者身份的认知。

"文协"和"鲁艺"等，都体现出"延安的文学机构和文学社团具有高度的政治化、组织化和实践性特点"[②]，这也为新中国社会主义文艺发展奠定了制度上的雏形。1949年7月2日至19日，第一次中华全国文学艺术工作者代表大会（以下简称"文代会"）成功召开，标志着新中国文艺制度的真正建立。这首先是文艺力量的汇聚重组，"从老解放区来的与从新解放区来的两部分文艺军队的会师，也是新文艺部队的代表与赞成改造的旧文艺的代表的会师，又是在农村中的，在城市中的，在部队中的这三部文艺军队的

[①] 何其芳：《论文学教育》，载《何其芳文集》第四卷，人民文学出版社1983年版，第17页。

[②] 王本朝：《中国当代文学制度研究（1949~1976）》，新星出版社2007年版，第14页。

会师"①。在建设新中国的赤忱热情中,这场跨时代的伟大集结,将各种文艺流派、力量团结在一起,组织为一体。进而以延安文艺为样板和标杆,在对传统、现代以及苏联文艺等内外经验进行借鉴、改造的基础上,新的文艺制度逐渐建立并完善起来。

在第一次"文代会"上,周扬总结解放区文艺工作经验时指出,需要加强对文艺工作的组织领导。会上成立了中华全国文学艺术界联合会(1953年第二次"文代会"上更名为"中国文学艺术界联合会")。全国文学艺术界联合会下属的各协会也相继成立,《文艺报》《人民文学》等对文艺界进行引领的报刊,也在第一次"文代会"后相继创办,成为推行文艺政策、举荐优秀作品的阵地。

更具体地说,如果将文艺视为一项创造性的劳动,那么它的生产、传播、接受与评价,在新中国都建立起了新的规范与管理制度。文艺运动的展开,文艺政策的实施,文艺决议的颁布,乃至作家个人的创作,无不接受党以及文学艺术界联合会、作家协会的领导管理。这就使得文艺可以更好地融入社会主义建设的整体方案中,更具计划性和目的性,而这必将从根本上改变原有的文艺观与创作观。其中,作家的能动性与创作空间,也与制度化的空间构成张力,不

---

① 周恩来:《在中华全国文学艺术工作者代表大会上的政治报告》,载中华全国文学艺术工作者代表大会宣传处编《中华全国文学艺术工作者代表大会纪念文集》,新华书店1950年版,第33页。

断激发出革命文艺应有的活力。

随着新的文艺制度的创建，新的文艺观在形成，新的创作者在出现。"鲁艺"成立不久，毛泽东就到此发表讲话，对"青年艺术工作者"劝诫道："艺术作品要有充实的内容，便要到实际生活中去汲取养料。你们不能终身在这里学习，不久就要奔赴各地，到实际斗争中去。"[1] 这番话清晰地点明了革命文艺与生活的关系——中国共产党领导的革命文艺始终是在实践与行动中展开的，文艺不是书斋里向壁虚构的个人创造物，而必须在"实际生活""实际斗争"中汲取养料，获得灵魂。

这一思路贯穿在毛泽东1942年《在延安文艺座谈会上的讲话》里。这篇被诸多研究者视为中国当代文学起点的经典文献提出了新型文艺观，为"新的文艺大军"指明了方向。为了实现文艺为工农兵服务的目标，知识分子出身的文艺工作者就需要"把自己的思想感情来一个变化，来一番改造"[2]。这一强调直抵根本，意义深远。从近现代中国来看，科举制度的废止使得传统士农工商的社会结构瓦解，而新式教育制度的建立则培养出新式的知识分子，大众传媒

---

[1] 毛泽东：《在鲁迅艺术学院的讲话》，载中共中央文献研究室编《毛泽东文艺论集》，中央文献出版社2002年版，第18页。

[2] 毛泽东：《在延安文艺座谈会上的讲话》，载《毛泽东选集》第三卷，人民出版社1991年版，第851页。

与文学机构的出现，令"现代作家"成为新式知识分子里的一个重要类型，在中国追求现代的过程中扮演了"敢为天下先"的先驱者角色。但现代作家始终面对着"单向启蒙"的困境，亦即少数城市精英知识分子以沿海都市为中心展开的文艺启蒙实践，难以真正改变中国大多数老百姓的观念与意识，进而实现"立人"的目标。《在延安文艺座谈会上的讲话》则解决了这一难题，提出了"双向启蒙"的思路："一切革命的文学家艺术家只有联系群众，表现群众，把自己当作群众的忠实的代言人，他们的工作才有意义。只有代表群众才能教育群众，只有做群众的学生才能做群众的先生。"[1]这彻底颠覆了数千年来"精英—大众"的文化等级结构，打破了"作家"相对封闭的身份认知，从而为群众赋予了文化上的能动性与正面价值。文艺启蒙要想成功，文艺创作者就必须先做"群众的学生"，熟悉他们的情感状态、生活世界与日常表达，与他们"打成一片"。正是在与广大人民群众互动的过程中，文艺工作者才能安身立命，获得自身的意义。但这绝不意味着贬低文艺创作者的地位，这恰恰是赋予其极高的地位。因为这事关"新人"，事关未来。由此也就不难理解，"人类灵魂的工程师""生活的教科书"这些对作家、

---

[1] 毛泽东：《在延安文艺座谈会上的讲话》，载《毛泽东选集》第三卷，人民出版社1991年版，第864页。

作品的描述，为何能够如此深入人心了。

　　赵树理的作品，被认为是践行了《在延安文艺座谈会上的讲话》精神的榜样，因此被标举为"赵树理方向"。周扬曾赞誉赵树理是"一位具有新颖独创的大众风格的人民艺术家"[①]。赵树理熟悉农民生活状况，了解革命工作实际，且能够运用各种民间艺术形式，写出老百姓喜欢的作品，因而在他笔下，我们可以看到鲜活的农民形象，读到一个真正属于群众的世界。如果说赵树理是本土性的创作者，那么柳青则为我们展现了文艺创作者彻底改造自己，投身于群众生活的卓绝努力。1952年5月，柳青毅然离开北京，去往陕西省长安县挂职县委副书记，在那里一扎根就是14年。路遥曾这样描述他："没见过柳青的人，都听过传闻说这位作家怎样穿着对襟衣服，头戴瓜皮帽，简直就是一个地道的农民，或者像小镇上的一个钟表修理匠。"[②] 正因为全身心投入合作化运动之中，柳青才能写出《创业史》这样的史诗级小说。他们的实践告诉我们，文学艺术不再是现代知识分工中彼此隔绝的专门化领域，而是认识世界、改造世界的武器，是个人与社会互动的媒介。

---

① 周扬：《论赵树理的创作》，载黄修己编《赵树理研究资料》，知识产权出版社2010年版，第156页。

② 路遥：《早晨从中午开始》，北京十月文艺出版社2013年版，第137—138页。

除了作家主体的思想改造，中华人民共和国成立后也大力培养年轻的文艺工作者。以培养工农兵作家、业余作家为目标的群众性写作运动，实际上是要实现群众的文化赋权，使之在政治翻身后实现"文化翻身"。在改天换地的文艺制度与文艺观念下，新的文艺形式势必因时而生。

新文艺形式的涌现，是与具体历史情境分不开的。20世纪是战争、革命与建设的世纪。追寻与建设新中国的过程，也是重新认识与发现中国的过程。二万五千里长征、"农村包围城市"的战略转移与斗争策略，都令广阔的内陆腹地被发掘出来，而宣传动员的需要，使得文艺创作必须采取广大群众相对熟悉、易于接受的形式。在战时极端紧张、物资高度匮乏的情况下，文艺工作者必须根据实际斗争需要，创造性地融合多种形式，如版画、快板、秧歌剧、活报、通讯等。周扬主持编辑的《中国人民文艺丛书》（1949年5月）编选了解放区文艺作品200余篇（部），集中呈现了解放区文艺的经典之作。其中，包括歌剧《白毛女》《兄妹开荒》，小说《李有才板话》《李家庄的变迁》《太阳照在桑干河上》《暴风骤雨》，诗歌《王贵与李香香》《赶车传》，曲艺《刘巧团圆》，平剧《逼上梁山》《三打祝家庄》，诗选《东方红》等。由此，我们可以直观地感受到解放区文艺形式之丰富与活泼。

所谓"凡一代有一代之文学"，革命文艺始终是在马克思主义文艺理论与现实革命任务的交织中,创制最为合适的文艺形式,以便更好地发挥作用。以秧歌戏为例,以往的旧秧歌是充满民间情趣的农民自娱自乐的小歌舞形式,多在春节闹社火时表演,多以男女情爱为主题。在毛泽东"走出小鲁艺,走向大鲁艺"的号召下,"鲁艺"的艺术家们在民间秧歌表演形式中加入话剧与歌剧等要素,将之改变为表现革命教化内容的歌舞短剧。就这样,以秧歌戏为"容器",以革命为"内容",把旧秧歌改造为群众自我教育的新秧歌。1943年冬,伴随着毛泽东在陕甘宁边区劳动英雄大会上以"组织起来"为主题的讲话,延安兴起了大规模的新秧歌运动,在生产动员与革命宣教中扮演了重要角色,也开启了解放区群众文艺运动的先声。从1943年春节至1944年上半年,一年多的时间就创作并演出了300多个秧歌剧,观众达8万人次。几乎与此同步,延安还掀起了戏曲改造高潮,大型秦腔剧《血泪仇》和新编历史剧《逼上梁山》等获得一致好评。此外,翻身农民也利用民间形式表现自己的生活,部队战士则创作快板诗、枪杆诗等。总之,不仅有文艺工作者为服务民众而进行的形式创制,民众也亲身参与到形式的变革中来,积极寻找表达自己生活的话语方式。

中华人民共和国成立以后,历史情势发生改变,建立宏大历史叙事、展现崭新历史主体的表达需求变得迫切起来。社会主义现实主义成为重要的创作方法。在艾青、丁玲、赵树理、柳青等许多重量级作家那里，这种新型的写作实践"实际上包含着相当丰富且自觉的形式探索……恰恰是在文艺的'形式'问题上，创作实践与政治实践展现出更为复杂的内在关联，同时呈现出一种突破'文学/艺术'原有的概念边界与形式规定性的特点"[1]。社会生活、工作经验等并不能自动进入文艺创作中，这也是"一条从未有人走过的路"，必须在艺术创作的过程中逐渐摸索。创作者除了在革命实践与日常生活中汲取典型性的题材与内容，更要考虑如何以艺术形式来呈现现实经验，如何赋予笔下的人物以血肉。作为历经无数艰辛而又富有开创性的新形式实践，革命文艺不断丰富自身的艺术形式，积累了宝贵的艺术经验。

革命文艺不仅重视内容，而且重视形式，不仅重视社会价值，而且重视美学价值，因而在形式上、美学上也取得了为人瞩目的成就。"茫茫九派流中国，沉沉一线穿南北。"（毛泽东《菩萨蛮·黄鹤楼》）中国革命贯穿大江南北，重组了中国的地理空间。从沿海到内陆、从南方到北方，革命烽火迂回转移，写就了以弱胜强的人间史诗。这种"革命地理学"也直接影响到文艺创作，"'地理'上的这一转移，与文学方向的选择有密切关系。它表现了当代

---

[1] 路杨：《作为生产的文艺与农民主体的创生——以艾青长诗〈吴满有〉为中心》，《文学评论》2018年第6期。

文学观念从比较重视学识、才情、文人传统，到重视政治意识、社会政治生活经验的倾斜，从较多注重市民、知识分子到重视农民生活表现的变化。这提供了关注现代文学中被忽略领域的契机，也有了创造新的审美情调、语言风格的可能性，提供不仅从城市、乡镇，而且从黄河流域的乡村，从农民的生活、心理、欲望来观察中国'现代化'进程中的矛盾的视域"①。

这是对封建中国文艺传统与现代"五四"传统的双重超越，也是文艺美学上的创新与升华。首先，这是在马克思主义理论中国化的自觉下，以人民政治为前提，涵纳中外传统的现代美学创造。具体来说，这是"为中国老百姓所喜闻乐见的中国作风和中国气派"②。中国作风与中国气派，是指深深扎根于中国现代性脉络中的风格、气质与特征，既具备开放的、世界性的革命视野，同时又扎根于中华民族传统的深处。

其次，创造了整体性的文艺观，尤其是发现和阐明了文艺与政治的辩证关系。在资产阶级文艺观中，美学是与社会生活无关的自律领域。但在我们党创制的文艺观中，美学是重要的革命武器，文化政治、文化领导权是革命展开的重要领域与目标。只有在政治、

---

① 洪子诚：《中国当代文学史（修订版）》，北京大学出版社 2007 年版，第 29 页。
② 毛泽东：《中国共产党在民族战争中的地位》，载《毛泽东选集》第二卷，人民出版社 1991 年版，第 534 页。

经济、社会与人互相交织的网络中才能理解文艺的位置和作用。文艺不仅是认识世界的途径,更是人们介入现实、改变现实的入口,具有强烈的行动色彩。

最后,从精神气质上来看,我们党所创制的文艺美学具有强烈的乐观主义情怀。中国革命从自发到自觉、由弱小而强大,历经重重考验,其中不乏生与死、血与火的考验,其艰难险绝,非一般言语所能表达。现实严峻,理想绽放,革命文艺中却始终洋溢着坚韧、乐观的精神。革命文艺为我们塑造了无数"大写的人",为我们高扬起理想的风帆,为我们描摹着未来社会的远景,从而以感性的形式建立起难能可贵的"光明史观"与"希望美学"。正是得益于这样的史观与美学,今天的读者与观众才依旧能够从中感受到果敢之力与信仰之美。

四、革命文艺与人民中国

我们党在领导人民进行革命实践中重新"发明"了文艺,壮大了队伍,更新了组织,升级了内容,拓展了形式,最终创造了独特的文艺美学,使其在革命、建设、改革中,特别是在中国人民上下求索、改变命运,寻找中国道路、创建人民国家的过程中发挥了巨大作用。

其首要功绩，是唤醒中国。晚清时期，帝国积弊丛生，伴随世界体系转型，近代以来中国逐渐沉沦，一步步堕入半殖民地半封建的深渊，国将不国，民不聊生，一片江河鱼烂之势，秋风秋雨愁煞人。更令人忧惧的是，经济落后、国势衰落还导致文化凋零、精神颓靡。于是，才有"无声的中国"之说，才有黑暗憋闷的"铁屋子"之说。因此，自近代以来，欲求中国之新变的先行者，面对的首要问题，就是唤醒中国，就是把中国人民从近代以来的迷茫中唤醒，睁眼看中国，睁眼看世界，看清眼前的现实，思考自己的命运。正因如此，自近代以来，文艺就成为这些先行者改造中国的重要依凭。早在1902年，梁启超就发出了"欲新一国之民，不可不先新一国之小说"[①]的呼声，倡导"小说界革命"。新文化运动前后，由于八方求索，四处碰壁，使得先行者们对中国问题的认识更深刻，对文艺功用的认识也更到位。比如，胡适从进化论的角度入手讨论文学的演进，认为文学因时而变，故"今日之中国，当造今日之文学"[②]。陈独秀则更为激进，认为中国"经三次革命""而黑暗未尝稍减"，其主要原因在于"盘踞吾人精神界根深底固之伦理道德文学艺术诸端，

---

① 梁启超：《论小说与群治之关系》，载林文光选编《梁启超文选》，四川文艺出版社2009年版，第165页。

② 胡适：《文学改良刍议》，《新青年》1917年第2卷第5号。

莫不黑幕层张，垢污深积"①，因而大声疾呼，力倡"文学革命"，并"愿拖四十二生的大炮，为之前驱"②。正是在这些文化主将高倡躬行下，新文化运动取得决定性胜利，不仅以白话取代文言，以人的文学取代"吃人"的文学，而且使民主、科学思想在中国落地生根，并最终将共产主义引入中国。

"其作始也简，其将毕也必巨"。（《庄子·内篇·人间世》）由于发出了现代中国第一声"呐喊"，中国由沙聚之邦转为人国。③从这个层面看，怎样肯定新文化运动的贡献也不为过。但客观地看，新文化运动只是初步完成了唤醒中国的任务。这主要体现在两个方面：一是从社会阶层看，由于偏重书写的文学，其影响主要在知识阶层，至多抵达大城市的市民阶层；二是从地域看，其影响主要在北京、上海等大城市，未能天下流传。当然，也正是从这个层面上看，可以说是中国共产党接过了新文化运动的大纛，并最终完成其伟大的历史使命——唤醒中国！即中国共产党不仅继承了新文化运动的优秀成果，而且将传统文化、地方形式等纳入其中，进行创造性转化，不仅突破了书写文学的局限，将"文学"升级为"文艺"，创

---

① 陈独秀：《文学革命论》，载《陈独秀文集》第一卷，人民出版社2013年版，第202页。
② 陈独秀：《文学革命论》，载《陈独秀文集》第一卷，人民出版社2013年版，第205页。
③ 参见鲁迅《文化偏至论》，载《鲁迅全集》第一卷，人民文学出版社2005年版，第57页。

造了为中国老百姓所喜闻乐见的"中国形式",而且将被颠倒的历史重新颠倒过来,使工农兵成为文艺表现和接受的主体。由此,革命文艺突破阶层和地域局限,成为唤醒中国的最佳载体。正因如此,毛泽东才以五四运动为界,将中国文化分为前后两个阶段,认为五四运动以后"中国产生了完全崭新的文化生力军",这支"文化新军"在文学艺术方面"都有了极大的发展","锋芒所向,从思想到形式(文字等),无不起了极大的革命。其声势之浩大,威力之猛烈,简直是所向无敌的。其动员之广大,超过中国任何历史时代"。[①]若没有中国共产党对文艺的重新"发明",这是不可想象的。

在谈到物质与精神在改造世界中所发挥的不同作用时,马克思有个形象的说法:"武器的批判"与"批判的武器"。他认为虽然"批判的武器"不能代替"武器的批判",即物质力量只能用物质力量来摧毁,"但是理论一经掌握群众,也会变成物质力量。理论只要说服人 [ad hominem],就能掌握群众;而理论只要彻底,就能说服人 [ad hominem]"[②]。从中国革命实践来看,理论要想说服人,除了要"彻底",还要"美丽",即正确的理论还要有完美的形式,

---

[①] 毛泽东:《新民主主义论》,载《毛泽东选集》第二卷,人民出版社1991年版,第697—698页。

[②] 马克思:《〈黑格尔法哲学批判〉导言》,载《马克思恩格斯文集》第一卷,人民出版社2009年版,第11页。

只有这样才能说服人，才能改造世界。在中国，革命文艺成就了革命理论的完美形式，使其传遍大江南北、长城内外，使其传入城市乡村、千门万户，使其深入人心、口耳相传。是文艺使"思想的闪电"击中人民，使其成为解放中国、解放自我的力量。

这样的事例不胜枚举。1935年，李桦创作了木刻版画《怒吼吧，中国！》。画面上，一位巨人被绳索捆绑在树桩上，疼痛已令他醒来，他要挣脱这绳索。可这绳索捆缚得那么紧，以至于他挣扎得手脚都变形了，变成了虎狼的利爪。他的呐喊是那么猛烈，已经出离了人声，变成了狮虎的怒吼。想象一下这幅作品被创作时，正逢华北事变爆发，日本帝国主义疯狂侵略中国，中华民族面临亡国灭种的危机，如此我们就不难理解这幅画的主题。但更重要的是，艺术家以遒劲的线条和完美的形式告诉我们，要战胜日本帝国主义的侵略，必须释放出所有的力量，甚至原始的力量、虎狼的力量，感染力直抵人心。再如歌剧《白毛女》，这部歌剧的主题是"旧社会把人变成鬼，新社会把鬼变成人"。可如果没有"北风吹"的悲凉旋律，没有漫天飞舞的雪花意象，没有那二尺象征幸福的红头绳，没有豆蔻年华的美少女瞬间变为"白毛仙姑"，没有终场前那蓬勃升起的红太阳，如果没有这些完美的艺术形式，没有强大的艺术感染力，很难想象这个主题能如此深入人心，激发出那么强烈的革命热情。

在中国革命文艺史上，歌唱特别是大合唱发挥了独一无二的作用,中国革命音乐的圣典《黄河大合唱》为中国革命胜利发挥了巨大的作用。即使今天重听,我们依然为其澎湃的力量所打动,感觉其旋律充塞寰宇。在这样的旋律中,我们感觉到黄河不再是大自然的河流,而是崇高的"精神流体"。在这种"精神流体"的冲击下,我们感到中国的草木就要站立起来,中国的山河就要站立起来,中国人民就要站立起来,中国就要站立起来!

在《新民主主义论》结尾,毛泽东用诗一样的语言告诉人们:"新中国航船的桅顶已经冒出地平线了,我们应该拍掌欢迎它。"[①]是的,中国之所以能够历千难万险而凤凰涅槃,是我们党领导中国人民浴血奋斗争取来的。广大文艺工作者投身其中,深入生活,扎根人民,创作了大量脍炙人口的优秀文艺作品,热情歌呼,唤醒中国!由此,我们也可以说,新中国是斗争得来的,也是"唱"出来的,"写"出来的。

革命文艺不仅发挥了唤醒中国的作用,而且发挥了团结中国、组织中国、凝聚中国的作用。我们知道,中国现代文学的诞生与改造旧中国、呼唤新中国的革新行动密切相关,因而自其诞生之日起就带有强烈的实践品格,中国现代文学大家所追求的首先也并非"纯

---

① 毛泽东:《新民主主义论》,载《毛泽东选集》第二卷,人民出版社1991年版,第709页。

文学"的成功,而是文学的行动性,是文学启蒙人心的功能。正如鲁迅所坦言的,他不过是想利用文学的力量"来改良社会"[①],正是这个理想促使他弃医从文,促使他将主要精力投入杂文写作——在他看来,杂文是在"为现在抗争",而"失掉了现在,也就没有了未来"[②]。

革命文艺进一步发扬光大了现代文学的这种行动精神,不仅创造了诸如墙头诗、秧歌剧、木刻等"短平快"的文艺形式,使文艺能够迅速地为人民大众所接受,耳熟能详,迅速地发挥作用;而且还创造了一种独特的文艺美学。日本学者竹内好在研究赵树理的论文中,提出了一个特别有启发意义的观点,即不同于欧洲现代文学围绕主人公的个性展开戏剧冲突,因而随着"个性"被完成,小说主人公往往与其所存在的环境脱离开来,甚至对立,成为一个个孤独的"个体",而赵树理小说中的主人公自始至终与其所生存的环境融为一体,就像雪花融入水中一样。他认为,正是这一特色,使

---

① 鲁迅:《我怎么做起小说来》,载《鲁迅全集》第四卷,人民文学出版社2005年版,第525页。
② 鲁迅:《且介亭杂文·序言》,载《鲁迅全集》第六卷,人民文学出版社2005年版,第3页。

赵树理文学成为"新颖的文学"。①实际上,不仅赵树理文学是"新颖的文学",许多优秀革命文艺作品中的主人公也往往与其生活环境紧密地结合在一起,因而也都是"新颖的文学"。其实,更具体地说,革命文艺的主人公有时也会从周围的环境中脱颖而出,但他们之所以脱颖而出,并不是为了要独立于周围的世界、人物,恰恰相反,而是要打破将他们与周围环境、人物隔离开的障壁,这障壁一旦消失,他们立刻回归环境。

这的确是一种"新颖的文艺",不仅与崇尚个体的欧洲现代文艺截然不同,更与描写帝王将相、才子佳人的封建文艺判然有别。说得通俗些,革命文艺之所以"新颖",就在其反对阶级差别,远离个人主义;在于其虽然从"人的文学"出发,却最终抵达了"人民文艺"。正因如此,这种文学体现了一种"群"的精神,活跃于其中的不再是孤独的现代个体,即现代文学中常见的"零余者",更不是旧文学中作威作福的"老爷"和俯首帖耳的"奴才",而是日趋健朗美丽的人、人民。这种文艺也塑造自己的英雄,但不再是个人主义的英雄,而是人民英雄。

实际上,这是共产主义理想在文艺上的内化。正如马克思主义

---

① 参见竹内好《新颖的赵树理文学》,载黄修己编《赵树理研究资料》,知识产权出版社2010年版,第423—432页。

所强调的，无产阶级只有解放全人类才能解放自己。作为无产阶级的先锋队，除了广大人民群众的利益，共产党人没有自己的任何特殊利益。不仅在物质上如此，在精神上也是如此，在文艺上更应如此。正是这种共产主义理想的内化，使中国人民在文艺中组织起来，团结起来，凝聚起来；使中国人民在现实中组织起来，团结起来，凝聚起来。只有在这个意义上，我们才能更好地理解文艺为人民服务的内涵，才能更好地理解文艺来源于生活而又高于生活的内涵。

与凝聚中国相关，革命文艺还通过讲述中国共产党领导中国人民进行民族民主革命的光彩故事，通过塑造朴实无华而又健朗向上的人民形象，通过润物无声的方式传播革命理论，生动地回答了马克思主义为什么行，中国共产党为什么能，新民主主义、社会主义为什么好的问题，逆转了近代以来的中国叙事，特别是关于中国积贫积弱的低级叙事，重新为中国锻造了筋骨强健的精神脊梁，解决了中国的自信力问题。

其实不用追溯很远，仅就现代文学看，中国的自信力叙事就是一个大问题。比如，尽管鲁迅明确意识到中国自古以来就有埋头苦干的人、拼命硬干的人、为民请命的人、舍身求法的人，有自己的"脊梁"，因而不应失掉自信力，但就其创作看，主旨还是国民性批判。这自然有其深刻性，有其不容忽视的意义，但同样无须讳言，长期沉浸于这样的叙事中，不仅无助于启蒙精神扩张、民族精神提升,而且还有可能带来"反噬"效应,影响新文化运动所期许的立心、立人的长远目标。而这在相当长一个时期内,成为现代文学的主流。想一想那些彷徨于无地的人,想一想那些"零余者"的故事,想一想那随处可见的"沉沦"的故事,想一想步步趋于没落的"骆驼祥子"们,想一想那些为"家"所囚禁的青年的灵魂,我们就对现代文学的基调有了基本判断。

革命文艺打破了这一困境。中国革命不仅重新发现中国,使广袤的农村浮现在世人面前,而且重新组织中国,打破阶级区隔,建立了最广泛的统一战线,特别是使广大农民浮出历史地表,成为革命主力。革命文艺完美地再现了这一历史进程,为中国塑造了不一样的主体。这在影像艺术方面表现得格外突出,古元的木刻版画《走向自由》可谓经典。这组作品由16幅连环画组成,完整地呈现了中国人民由忍辱求生到奋起反抗,由做奴隶牛马到做自己主人的过程。这组连环画的最后一张题为《自由的曙光闪耀在苦难者的脸上》,画面主体是一位背枪的战士,从身形上依稀还看得出苦难的影子,可从那有力的双手、坚毅的眼神,更能够看出,他已摆脱苦难,成为自由的捍卫者。令笔者震撼的,还有一幅摄影作品——侯波、徐肖冰拍摄的《为保卫延安、保卫党中央而站在树上的哨兵》。这幅摄影作品画面十分简单,就是一名八路军哨兵站在一棵丫杈四开的大树上。由于拍摄距离比较远,我们甚至看不清这名哨兵的面容，但就是他那笔直的身姿深深地打动了我们。从这身姿，我们感到他好像跟脚下的大树、土地生长在了一起，获得了源源不断的力量，与脚下的树木、土地一起蓬勃生长。

在这样的作品中，我们看到的，一定是一个向上的中国、希望的中国，而不再是一个沉沦的中国、悲泣的中国。随着中国革命胜利，这种光明叙事、希望叙事，在革命文艺、社会主义文艺中得到更加长足的发展，中国精神的火光更加明亮，中国的脊梁也更加坚挺。

值得注意的是，以往的研究中有一个相对被忽略的视角，那就是由于革命历程艰难曲折，斗争残酷激烈，中国人民付出了极为沉重的代价，因而革命文艺倾尽全力唤醒中国、凝聚中国、强健中国，人民成为其主要表现对象。但即使如此，革命文艺家也从未忘记风景，为我们留下了一些明亮的中国风光，不仅让我们在奋斗的人民中看到了中国的美丽，也让我们在祖国山河中看到了美丽的中国，也就是说，革命文艺在建设美丽中国方面，也作出了不容忽视的努力。提到这个问题，我们立刻就会想到茅盾的《白杨礼赞》，想到孙犁的"荷花淀"系列，想到古元的版画《菜园》《秋收》，想到吴印咸的摄影作品《彩云映延安》《驼铃叮咚》，想到庄言的油画《青涧美丽石窑山村》《陕北好地方》；想到中华人民共和国成立后次第涌现的"新风景"，想到开阔昂扬的北国，想到那里的黄土、高原、白杨，想到清新秀美的南国，想到那里的碧水、青山、月色。

一言以蔽之，想到整个中国，想到中国的历史，想到中国的现实，想到中国的未来。从这个意义上看，革命文艺中的风景叙事、美丽中国叙事，既是革命的"乡愁"，以大好河山激发人们的爱国热情，从而保家卫国；又是革命的"远景"，以祖国风光激发人们的未来想象，催人奋起。甚至可以说，这些风景叙事是为未来准备环境，意义不容小觑。

结 语

中华人民共和国成立后，以革命文艺为主体，兼收并蓄，大力发展社会主义文艺，为新中国建设凝聚精神、提振信心。一是塑造了一批光彩照人的社会主义"新人"——共和国的共产党员形象，通过他们的劳作、他们的奋斗、他们的言语，鼓舞全国人民"在共和国大厦的""建筑架上""挥汗如雨"，[1]如《创业史》《山乡巨变》《三里湾》。二是通过书写革命历史，塑造了大量革命英雄形象，提醒我们不忘来时路，走稳脚下路，如《红岩》《红日》《红旗谱》。三是瞩目时代，树立新中国的"当代英雄"形象，传达中国精神，

---

[1] 参见贺敬之《放声歌唱》，载《贺敬之文集一·新诗卷》，作家出版社2005年版，第318页。

如长诗《雷锋之歌》之于"雷锋精神",长篇通讯《县委书记的好榜样》之于"焦裕禄精神",歌曲《我为祖国献石油》之于"铁人精神""大庆精神"。

在社会主义现代化建设的新时期,文艺凝心聚力,使全体中国人民围绕经济建设这个中心任务同心同德、奋发图强,功不可没。是文艺首先吹响了新时期的"迎春曲",逐渐融化思想坚冰,使人们重新正视现实,思考中国的命运,擘画中国的未来;是文艺密切把握时代脉搏,真情礼赞改革,塑造了一批改革"新星",也使作家、艺术家与其他战线上的众多开拓者一起,成为时代先锋。随着改革向纵深发展,文艺家也努力开掘新的表现空间,让我们看到了"希望的田野",听到了"春天的故事";让我们看到了广大劳动者生命不息、奋斗不已的进取精神,看到了他们在奋斗中的收获与喜悦,也看到了他们生活中的艰难与不易,深深地抚慰了一代代普通劳动者的心灵,使他们能够以饱满的热情迎接新的生活、新的挑战,乃至新的挫折。

伟大的实践产生伟大的精神,伟大的精神推动伟大的实践。实现中华民族伟大复兴,是近代以来中国人民最伟大的梦想。今天,我们比历史上任何时期都更接近、更有信心和能力实现中华民族伟大复兴的目标。然而,当前国际局势复杂变幻,国内挑战依然很多,实现这一目标需要我们凝聚全部精神,付出极大努力。这尤其需要广大文艺工作者感国运变化，立时代潮头，发时代先声，为亿万人民，为伟大祖国鼓与呼。习近平总书记在文艺工作座谈会上的讲话中，号召广大文艺工作者"把创作生产优秀作品作为文艺工作的中心环节，努力创作生产更多传播当代中国价值观念、体现中华文化精神、反映中国人审美追求，思想性、艺术性、观赏性有机统一的优秀作品"[1]。在这方面，革命文艺提供了足够丰富、足够宝贵的经验，值得我们好好继承发扬。

（原载《艺术学研究》2021年第3期）

---

[1] 习近平：《在文艺工作座谈会上的讲话》，载中共中央宣传部编《习近平总书记在文艺工作座谈会上的重要讲话学习读本》，学习出版社2015年版，第8页。

赓续"讲话"文脉
开启文艺新征程

韩子勇、鲁太光

引　言

中国共产党是具有高度文化自觉的政党，中国共产党的百年奋斗，凝结着中国文化奋进的历史，创造了人类文明新形态。

回首中国文艺走过的道路，1942年5月是值得铭记的历史节点。在那战火纷飞的岁月，党中央在延安召开了文艺座谈会，毛泽东同志参加了全部三次会议，并在2日的第一次会议上做了"引言"，在23日的第三次会议上做了"结论"。经过整理，1943年10月19日，毛泽东同志的讲话全文在《解放日报》上正式发表，这就是马克思主义文艺理论中国化集大成的第一个重大成果——《在延安文艺座谈会上的讲话》（以下简称"延安讲话"）。

"延安讲话"把马克思主义的基本原理与中国革命的具体实际相结合，用马克思主义真理的力量激活了中华民族历经几千年创造的伟大文明，提升了五四新文化运动创造的新文艺，在中华民族最危险、最需要精神炬火的时刻，实现了中华文艺的涅槃，开辟了中华文艺的新纪元，为中国革命的胜利提供了源源不断的精神动力。

中华人民共和国成立后，党根据新的历史任务和历史条件，坚持"延安讲话"指明的方向，努力拓展文艺内涵和外延。日新月异的新社会、新生活，触发新的文艺创造，涌现出一大批堪称经典的文艺作品。之后，由于"左"倾错误的干扰，这一过程遭遇重大挫折。改革开放后，在邓小平同志主持下，党中央确立了以经济建设为中心，坚持"四项基本原则"，坚持改革开放的社会主义初级阶段基本路线，将文艺工作纳入实现"四个现代化"的总目标，赋予文艺以更广阔的天地，迎来了春意盎然的新时期，实现了马克思主义文艺理论中国化第二次飞跃，丰富和发展了"二为"方向、"双百"方针的精神内涵，奠定了主旋律与多样化的格局，极大地拓展了文艺疆域，火热的生活与蓬勃的精神洋溢在文艺之中，满足了人民群众文艺生活的基本需求。

党的十八大以来，中国特色社会主义进入新时代。以习近平同志为核心的党中央，不忘初心、牢记使命，正本清源、守正创新，领航中华民族伟大复兴的新时代，形成了习近平新时代中国特色社会主义思想，强调意识形态工作是为国家立心、为民族立魂的工作，对文化事业进行系统擘画，将文化自信纳入"四个自信"，对文艺工作提出了新使命新要求。

2014年10月15日，习近平同志主持召开文艺工作座谈会，发表《在文艺工作座谈会上的讲话》（以下简称"北京讲话"），从五个方面对文艺工作进行了系统论述。之后，习近平同志又在中国文联十大、中国作协九大开幕式上发表重要讲话，在中国文联十一大、中国作协十大开幕式上发表重要讲话。习近平同志多次给文艺界回信，就文艺工作作出指示批示。这些重要论述是习近平新时代中国特色社会主义思想的有机组成，是马克思主义中国化第三次理论飞跃在文艺领域的具体体现，已经和正在对新时代文艺工作发挥巨大引领作用，必将对新时代文艺工作产生不可磨灭的深远影响。

在"延安讲话"80周年、"北京讲话"迎来8周年之际，学习两个"讲话"，领会精神实质，必将进一步推动中华文艺的伟大复兴。

一、开辟中华文艺新纪元

要想理解"延安讲话"的丰富内涵，必须先了解其产生的背景。

"延安讲话"是马克思主义中国化第一次理论飞跃在文艺领域的重大收获。这一重任历史地落在毛泽东同志身上。结束了长征这场人类历史上旷古未有的军事远征和精神远行，扼住命运的咽喉，在陕北扎稳根基后，毛泽东同志经历了理论思考最刻苦、理论思维最活跃、理论收获最丰富的人生阶段。可以说，就是在陕北，在延安，在黄土高原上的窑洞中，毛泽东思想走向成熟，并逐渐蔚为大观。据统计，《毛泽东选集》四卷共收录159篇文章，其中有90多篇写于延安，占总数的58%。毛泽东同志之所以把理论工作作为延安十年的重要活动之一，首先是因为到达延安后，全党全军正面临着抗日战争全面爆发的新形势、新任务，他必须思考时局和党的任务，必须思考中国革命的战略和战术问题，必须思考中国革命的前途和命运问题。他深刻地意识到中国共产党自成立以来屡次遭受"左"或右的危害，给中国革命带来重大损失，最根本的原因是我们党的马克思主义修养不够，尤其是马克思主义基本原理与中国革命实际结合不够。1939年，他在给何干之的信中感叹："我的工具不够，今年还只能作工具的研究，即研究哲学，经济学，列宁主义，而以哲学为主。"[1]在1936年11月至1937年4月4日精读西洛可夫、爱森堡等著的《辩证法唯物论教程》时，他更是慨叹："中国的斗争如此伟大丰富，却不出理论家！"[2]他下决心研究马克思主义的基本原理，总结中国革命的经验教训，求取马克思主义基本原理与

---

[1] 陈晋主编：《毛泽东读书笔记精讲》哲学卷，广西人民出版社2017年版，第248页。
[2] 陈晋主编：《毛泽东读书笔记精讲》哲学卷，广西人民出版社2017年版，第274页。

中国革命具体实际相结合的成果，实现马克思主义中国化，以指导中国革命。他苦读深思，写下了大量理论著述，特别是写下了马克思主义中国化的哲学名篇《矛盾论》《实践论》，抓住"方法论"这个牛鼻子，从根本上解决了中国革命的道路难题。不仅如此，他还屡屡号召全党学理论用理论——既要真学，更要活用。1938年，在党的六届六中全会上，毛泽东同志倡议"来一个全党的学习竞赛"，"使马克思主义在中国具体化，使之在其每一表现中带着必须有的中国的特性，即是说，按照中国的特点去应用它"，形成"新鲜活泼的、为中国老百姓所喜闻乐见的中国作风和中国气派"。①

马克思主义文艺理论中国化的重任，历史地落在毛泽东同志身上。作为思想大家、文章大家，毛泽东同志博览群书、深思细辨，有极为深厚的文艺修养。他深谙文艺规律，能够抓住要害，语出机杼。有些文史著作，毛泽东同志一读再读，且结合中国革命实践进行精读，其中的精华，毛泽东同志往往能顺手拈来，并经常有点睛之评语；即使对通俗文艺作品，他也能见常人所未见、发常人所未发。比如，他在读罗贯中《三国演义》和施耐庵《水浒传》时，就指出"一个阶级革命要胜利，没有知识分子是不可能的"，进而提出"无产

---

① 毛泽东：《中国共产党在民族战争中的地位》，载《毛泽东选集》第二卷，人民出版社1991年版，第533、534页。

阶级要翻身，劳苦群众要有知识分子"的精彩论断。① 这些论断具有深刻的理论价值，给革命文艺以切实指导。又如，他早年阅读《精忠传》《水浒传》等中国旧小说时，就敏锐地意识到"里面没有种田的农民"② 这个不正常现象，后来阅读《水浒传》时，又从中看到"很多唯物辩证法的事例"，"三打祝家庄，算是最好的一个"，③ 因而在 1942 年 10 月，延安平剧院成立后不久，就指示他们根据自己 1937 年在《矛盾论》中对"三打祝家庄"故事的分析创作剧本。正是由于毛泽东同志正确地指出了中国旧戏舞台上作为历史动力的劳动人民长期缺席的怪现象，指出群众在历史创造中的伟大作用，该剧才能够别出心裁、极富教育价值。杨绍萱、齐燕铭编导的平剧《逼上梁山》在中央党校俱乐部演出后，毛泽东同志看了很高兴，写信盛赞他们"恢复了历史的面目，从此旧剧开了新生面"④。

  毛泽东同志从中国民族民主革命现实出发，认识到文艺是整个革命战线不可或缺的一个方面。到延安后，他就分出一部分精力来抓文艺工作；随着党中央和红军立足延安，延安成为中国革命的中心和高地，许多进步青年，包括文学家、艺术家，纷纷奔赴延安。

---

① 陈晋主编：《毛泽东读书笔记精讲》文学卷，广西人民出版社 2017 年版，第 166 页。
② 陈晋主编：《毛泽东读书笔记精讲》文学卷，广西人民出版社 2017 年版，第 139 页。
③ 陈晋主编：《毛泽东读书笔记精讲》文学卷，广西人民出版社 2017 年版，第 156 页。
④ 中共中央文献研究室编：《毛泽东文艺论集》，中央文献出版社 2002 年版，第 278 页。

为了很好地发挥这些文学家、艺术家的作用，延安成立了许多文艺团体和机构，中国文艺协会、西北战地服务团、鲁迅艺术文学院、陕甘宁边区文化协会、抗战文工团、民众剧团等，都是在他关心和支持下成立的。中国文艺协会成立时，他亲临成立大会并讲话，称赞中国文艺协会的成立"是近十年来苏维埃运动的创举"，因为过去我们的文艺"没有组织起来，没有专门计划的研究，进行工农大众的文艺创作"；他进而提出："现在我们不但要武的，我们也要文的了，我们要文武双全。"[1]鲁迅艺术文学院也是由毛泽东同志和周恩来、林伯渠、徐特立、成仿吾、艾思奇、周扬联合发起成立的，毛泽东同志在成立大会上发表讲话，强调训练文化干部的重要性，强调统一战线是鲁艺的作风与"艺术的指导方向"[2]。毛泽东同志还主动与延安的文学家、艺术家交往、交流，每当看到好作品问世，"他都会表现出一种难以抑制的兴奋之情"[3]。

在文艺座谈会举行之前，毛泽东同志就已发表了多篇关于文艺的论述、讲话，阐述了革命文艺的基本原理或重要问题。比如，1938年4月28日，他到鲁迅艺术学院发表演说，再次强调文艺的

---

[1] 中共中央文献研究室编：《毛泽东文艺论集》，中央文献出版社2002年版，第3页。
[2] 中共中央文献研究室编：《毛泽东文艺论集》，中央文献出版社2002年版，第13页。
[3] 胡乔木：《胡乔木回忆毛泽东》（增订本），人民出版社2014年版，第253页。

统一战线外,强调鲁迅艺术学院要"造就有远大的理想、丰富的生活经验、良好的艺术技巧的一派艺术工作者",提出鲁艺的"大观园"是全中国,希望鲁艺的学员要到群众中去,而且不要"走马看花",而是要"驻马看花",更要"下马看花"。[1]1940年1月,在陕甘宁边区文化协会第一次代表大会上的讲演中,他明确提出了"民族的科学的大众的"新民主主义文化方向,并强调:"这种新民主主义的文化是大众的,因而即是民主的。它应为全民族中百分之九十以上的工农劳苦民众服务,并逐渐成为他们的文化。"[2]这些论述与他在"延安讲话"中的观点一脉相承。有了充分的理论准备,毛泽东同志将马克思主义的基本原理与中国文艺的具体实际相结合,实现了理论的飞跃。

马克思主义经典作家将文艺视为人类进步事业的有机组成,视为凝聚无产阶级精神、创建未来社会的必要手段,特别重视文艺之于无产阶级解放的作用,重视文艺的人民性品格。与此相适应,他们将文艺视为一种具有能动性的意识形态表现形式,视为其整体批判理论的必要一环,因而高度重视文艺的能动性,即实践品格。从这样的思想要求出发,马克思、恩格斯高度重视文艺的美学特质、

---

[1] 中共中央文献研究室编:《毛泽东文艺论集》,中央文献出版社2002年版,第17、19页。
[2] 毛泽东:《新民主主义论》,载《毛泽东选集》第二卷,人民出版社1991年版,第708页。

作用。由于革命形势的飞跃，列宁把马克思主义文艺理论往前推进了一步，其最大贡献就是提出了文学的党性原则，并强调党的文学是为劳动人民，为国家的精华、国家的力量、国家的未来服务。这为无产阶级政党领导文艺工作提供了充分的理论依据，也向无产阶级政党提出了根本要求。

十月革命一声炮响，为中国送来了马克思主义。经五四新文化运动的大浪淘沙，马克思主义在各种思想潮流的竞逐争鸣中胜出，成为思想主潮，成为指导中国新文化运动的先进思想。在陈独秀、李大钊、瞿秋白等早期党的领导者和理论家大力倡扬下，在以鲁迅为首的进步文艺家倾力支持下，马克思主义文艺理论在中国应运而生，并在进步文艺实践中考验自己，发展自己，丰富自己。这一过程极其艰难，也极其光荣，诚如鲁迅所言，"中国无产阶级革命文学的历史的第一页，是同志的鲜血所记录"[1]。发展中的进步文艺也遇到一些深层次问题，最突出的就是先进理论如何与中国实际结合的问题，表现在具体实践中，就是进步文艺如何与人民大众结合的问题。这个问题不解决，进步文艺就无法在中国大地上落地生根、开花结果。

---

[1] 鲁迅：《中国无产阶级革命文学和前驱的血》，载《鲁迅全集》第四卷，人民文学出版社2005年版，第290页。

正是毛泽东同志完成了这一历史重任。与马克思、恩格斯等经典作家一样，毛泽东同志很少就文艺论文艺，而是将其放到革命事业全局中考虑，在对中国作出历史定位的过程中对文艺进行定位。具体来说，就是在确认中国半封建半殖民地社会性质的基础上，确认中国革命的目标是反帝反封建以建立新民主主义中国，"不但要把一个政治上受压迫、经济上受剥削的中国，变为一个政治上自由和经济上繁荣的中国，而且要把一个被旧文化统治因而愚昧落后的中国，变为一个被新文化统治因而文明先进的中国"[①]。在这样的格局中，中国文艺的历史定位豁然开朗："五四"以后中国的新文化"是新民主主义性质的文化，属于世界无产阶级的社会主义的文化革命的一部分"[②]，"是革命总战线中的一条必要和重要的战线"[③]，必须走民族的科学的大众的道路。

毛泽东同志将进步文艺定性为中国革命运动的有机组成，明确了进步文艺的新民主主义方向，明确了进步文艺必须经历民族化科

[①] 毛泽东：《新民主主义论》，载《毛泽东选集》第二卷，人民出版社1991年版，第663页。

[②] 毛泽东：《新民主主义论》，载《毛泽东选集》第二卷，人民出版社1991年版，第698页。

[③] 毛泽东：《新民主主义论》，载《毛泽东选集》第二卷，人民出版社1991年版，第708页。

学化大众化的洗礼,文艺工作者的立场问题、态度问题、对象问题、方法问题、学习问题迎刃而解。从这一前提出发,毛泽东同志创造性地回答了"文艺是为什么人的"和"如何为"的问题,明确提出,进步文艺要为以工农兵为主体的人民大众服务。关于"如何为"的问题,他未拘泥于文艺内部来回答,要求广大文艺工作者深入生活,与人民群众相结合,转变思想情感和立场。毛泽东同志指出,生活是文学艺术取之不尽用之不竭的源泉,如果能与人民群众打成一片,就不仅解决了文艺工作者的立场、情感问题,解决了文艺创作的源泉问题,解决了普及与提高等文艺工作的内部问题,而且还解决了"党的文艺工作和党的整个工作的关系问题",解决了"党的文艺工作和非党的文艺工作的关系问题——文艺界统一战线问题",[①]进而解决了文艺与政治的关系问题。

在这个层面上看,深入生活、与人民群众相结合的问题,不是一般的文艺理论问题,而是马克思主义文艺理论的核心命题。这个核心命题,在马克思、恩格斯、列宁等经典作家那里未能展开,而是随着社会主义运动进展,随着中国革命形势发展,在毛泽东同志这里,在《五四运动》《〈共产党人〉发刊词》《新民主主义论》、

---

① 毛泽东:《在延安文艺座谈会上的讲话》,载《毛泽东选集》第三卷,人民出版社1991年版,第865页。

特别是在"延安讲话"中得到了系统解答,成为在进步文艺实践中不断被推进的创造性活动。正是对这一命题进行了科学解答,"延安讲话"成为马克思主义文艺理论中国化的首个集大成的重要成果,成为世界马克思主义文艺理论的经典成果,从而对世界进步文艺具有普遍指导意义。

将马克思主义基本原理与中国革命实际相结合,实现了马克思主义文艺理论中国化,马克思主义在中国焕发出璀璨的真理之光,照亮了中华民族历经几千年创造的伟大文明。在这真理之光照耀下,在历史斗争的高温高压的熔炉里,一切都在冶炼锻造,一切都在升华涅槃。"延安讲话"就是这文明重生的甜美收获。

在"延安讲话"精神引领下,广大文艺工作者革新文艺机制、健全文艺组织、壮大文艺队伍、繁荣文艺创作,再造中华美学,开辟了中华文艺的新纪元。其最卓越的贡献在于更新文艺观念,释放文艺能量,将文艺从传统中国的宫廷、庙堂之中解放出来,将其从西方个人主义的书斋、象牙塔之中解放出来。文艺真正与无数的人和无穷的远方有了关联,文艺真正为人民群众所喜闻乐见。在这样的前提下,文艺在多个维度上发生嬗变,古为今用、洋为中用、去伪存真、去粗取精,中华文艺迎来了盛况空前的局面。

秧歌,这千百年来流传乡里的民间娱乐,在"延安讲话"精神照耀下,成为传达时代变化的最佳肢体语言,《兄妹开荒》《夫妻识字》一演风行,从此,延安的新秧歌,大踏步地引领着人们走向新中国,欢快有力的挥舞扭动,定格为胜利、解放、新世界的表征。西方木刻版画和中国深厚的年画传统,在延安的革命熔炉中相碰撞,形成延安版画运动,迎来了力群、彦涵、古元等一批优秀的版画家,涌现出《豆选》《割草》《离婚诉》等一批优秀版画作品。一把刻刀、一块木板,刻出了最生动的中国形象、最分明的中国风骨、最强劲的中国精神,难怪徐悲鸿初看古元延安时期的版画就感叹古元为"中国艺术界中一卓绝之天才",预言"他必将为中国取得光荣"。[1]陕北民歌,这原本层累了农民无尽辛苦、寄寓着农民微茫心愿,因而不无酸辛、高亢热烈、下里巴人的曲调,经历革命文艺改造,化酸辛为甜美、变自嘲为自豪、使空想成理想,像燎原炬火,点燃了陕北,点燃了中国,唱响了"东方红",唱出了新生活。更重要的是,所有这些因素在新生中综合,在综合中新生,催生了进步文艺的"高峰"之作。早在"延安讲话"之前,《黄河大合唱》就把中华民族儿女追求独立、民主、自由、富强的意志以空前激越的形式展现出来,让中国乃至世界感受到了中国人民的无尽潜能,让中国和世界意识到了进步文艺所开创的阔大境界与可能的高度。"延安讲话"之后,广大文艺工作者立足中国、面向世界,不断创造进步

---

[1] 曹文汉:《古元传》,吉林美术出版社1989年版,第2—3页。

文艺经典，民族歌剧《白毛女》就是一个成功的范例。它不仅在歌剧的民族化方面取得了巨大成功，创造了"中国式的歌剧"，而且实现了精神上的升华，扬弃了封建的悲剧，将其升级为人民胜利的凯歌，在一曲"北风吹"中让人深味旧社会的悲凉，更在"太阳出来了"的高亢旋律中让人奋起、奋争、奋斗，迎接明朗的未来世界。

在进步文艺的声声凯歌中，中国凤凰涅槃，迎来新生。

二、开拓人民文艺新疆域

"我们不但善于破坏一个旧世界，我们还将善于建设一个新世界。"[①] 随着中国革命全面胜利，改造旧世界、建设中华人民共和国的任务提到了全党面前。在新的历史条件下发展马克思主义文艺理论，更好地指导文艺工作的任务也提了出来，具体来说，就是团结全国各地文艺工作者，改造旧文艺、建设新文艺、建立起全国范围内的新文艺秩序，拓展人民文艺新疆域，为满足人民日益增长的物质文化生活需要服务。1949 年 7 月召开的中华全国文学艺术工作者代表大会可视为这一阶段的开端。毛泽东同志在大会上的讲话

---

① 毛泽东：《在中国共产党第七届中央委员会第二次全体会议上的报告》，载《毛泽东选集》第四卷，人民出版社 1991 年版，第 1439 页。

中对与会者"人民的文学家""人民的艺术家"[①]的热情称谓,就是一个明确信号。周恩来、郭沫若、茅盾、周扬等在大会上所做的报告也都围绕着"建设新中国的人民文艺"这个核心命题展开。1951年4月3日,毛泽东同志为中国艺术研究院的前身中国戏曲研究院题词"百花齐放,推陈出新",1956年4月28日,毛泽东同志在中央政治局扩大会议上作总结讲话时提出"百花齐放,百家争鸣"的文艺方针,都是这一命题的深化拓展。继"延安讲话"激发的进步文艺热潮,中华人民共和国成立后广大文艺工作者在社会主义史诗、社会主义文艺民族形式、民间艺术改造等方面都继续深耕、扩大领域,收获多多。柳青放弃相对优渥的工作、生活条件,扎根陕西省长安县皇甫村,创作了反映社会主义新生的史诗之作《创业史》。赵树理不愿做文坛作家,甘做"文摊"作家,全心全意为农民服务,呕心沥血,改造、发展民间文艺,感人至深。这些实践至今都给我们以深刻启示。1964年,为庆祝中华人民共和国成立15周年,全国各方面的艺术家通力合作,集体创作了大型音乐舞蹈史诗《东方红》,开创了歌唱、舞蹈和戏剧元素相结合的综合性大型歌舞表演新范式。1965年,中国人民解放军北京军区

---

① 中华全国文学艺术工作者代表大会宣传处编:《中华全国文学艺术工作者代表大会纪念文集》,新华书店1950年版,第3页。

政治部战友歌舞团首演的《长征组歌》，以合唱的形式再现了长征艰险而光荣的历程，展现了为救国救民不怕任何艰难险阻、不惜一切牺牲的伟大长征精神，以浪漫主义的艺术激情打动了一代又一代听众，成为我国合唱史上具有里程碑意义的重要作品。

但是，由于对社会主要矛盾的认知错误和"左"倾干扰，从60年代中后期直到70年代末，社会陷入动荡，文化、文艺领域是重灾区之一，直到进入改革开放的新时期，这个问题才得到纠正。面对着变化了的国际国内局势，以邓小平同志为主要代表的中国共产党人对"什么是社会主义、怎样建设社会主义"进行了长期求索，明确社会主义的本质是"解放生产力，发展生产力，消灭剥削，消除两极分化，最终达到共同富裕"。[1] 基于这一理论思考，党中央作出了"把全党工作的重心转到实现四个现代化上来的根本指导方针"[2]，作出了改革开放的战略决策，确立党在社会主义初级阶段的基本路线，明确提出走自己的路、建设中国特色社会主义，团结带领中国人民解放思想、锐意进取，大踏步赶上了时代，实现了中华人民共和国成立以来党的历史上具有深远意义的伟大转折。

---

[1] 邓小平：《在武昌、深圳、珠海、上海等地的谈话要点》，载《邓小平文选》第三卷，人民出版社1993年版，第373页。

[2] 邓小平：《解放思想，实事求是，团结一致向前看》，载《邓小平文选》第二卷，人民出版社1983年版，第140页。

正是基于我国已经进入社会主义现代化建设新时期的历史定位，基于我国社会的主要矛盾是人民日益增长的物质文化需要同落后的社会生产之间的矛盾，基于我们不仅要建设高度的物质文明，同时要建设高度的社会主义精神文明的历史要求，我们党才能够正确地解决历史遗留问题，调整文艺政策，改善文艺领导，使文艺界迎来了春天。

1978年3月，五届全国人大一次会议把"双百"方针写进了《中华人民共和国宪法》。1979年10月30日"第四次文代会"召开，邓小平同志代表党中央发表祝词，强调"要继续坚持毛泽东同志提出的文艺为最广大的人民群众、首先为工农兵服务的方向，坚持百花齐放、推陈出新、洋为中用、古为今用的方针"，同时强调"围绕着实现四个现代化的共同目标，文艺的路子要越走越宽；在正确的创作思想的指导下，文艺题材和表现手法要日益丰富多彩，敢于创新"。[①]1980年7月26日，《人民日报》发表社论《文艺为人民服务、为社会主义服务》，将"文艺为人民服务、为社会主义服务"确立为新时期党领导文艺的总路线。"为人民服务、为社会主义服务"概括了文艺工作的总任务和根本目的，不仅能更完整全面

---

① 邓小平：《在中国文学艺术工作者第四次代表大会上的祝词》，载《邓小平文选》第二卷，人民出版社1983年版，第210、211页。

地反映社会主义时代对文艺的历史要求，而且更符合文艺规律，是党的文艺工作的根本方向。社论为新时期文艺政策调整奠定了基调。这一调整从20世纪80年代开始一直延续到新世纪。可以看出，在多种经济成分并存、利益多元的新时期，党对文艺的领导越来越灵活，赋予文艺工作者以更大的自由，但同时必须坚持"文艺为人民服务、为社会主义服务"。

这期间，也出现了一些新问题。尤其值得重视的问题是，在市场经济大潮冲击下，文艺越来越疏离主流价值观，忽视社会效益，甚至出现一些散布腐朽思想、颓废情绪以及传播封建迷信、渲染色情暴力的东西，危害党和人民事业，损害人们特别是青少年的身心健康，有迷失方向的风险，任由这种倾向发展下去，势必会影响社会主义文化领导权，影响社会主义现代化建设前途。

在这样的背景下，我们党进一步优化文艺政策，提升管理水平，在20世纪80年代中后期提出了"主旋律"与"多样化"的口号，经过文艺战线上一些领导者和理论家的深入研究、总结，内涵不断丰富。1994年，江泽民同志在《在全国宣传思想工作会议上的讲话》中明确提出："弘扬主旋律、提倡多样化是坚持'二为'方向和'双百'方针的具体体现。"他还对"主旋律"的内涵作了具体阐述，指出："弘扬主旋律，就是要在建设有中国特色社会主义的理论和党的基本路线指导下，大力倡导一切有利于发扬爱国主义、集体主义、社会主义的思想和精神,大力倡导一切有利于改革开放和现代化建设的思想和精神,大力倡导一切有利于民族团结、社会进步、人民幸福的思想和精神,大力倡导一切用诚实劳动争取美好生活的思想和精神",同时强调"精神产品的生产是一项非常复杂的劳动,需要专家、学者和文艺工作者发挥个人的创造精神","应该尊重和爱护他们的辛勤劳动,坚持解放思想、实事求是,坚持'双百'方针,努力形成一种鼓励探索与创造的良好环境和气氛"。[①] 随着中国特色社会主义事业向前推进,文艺工作在党和国家工作全局中的重要地位日益凸显。党的十六大后,胡锦涛同志要求广大文艺工作者认清时代和人民赋予的神圣使命,以国家发展和民族进步为念,贴近实际、贴近生活、贴近群众,"把艺术创作融入改革开放和社会主义现代化建设伟大实践,以充沛的激情、生动的笔触、优美的旋律、感人的形象,反映国家发展、社会进步、人民创造,奏响时代主旋律"[②]。"主旋律"与"多样化"作为党领导文艺的基本方法被确立下来,对新文艺格局的形成发挥了积极作用。我国文艺事业、文化产业得到了长足发展,极大地拓展了人民文艺的疆域,波澜壮阔的改革开放历程在文艺中得到了全方位的反映。

---

① 江泽民:《在全国宣传思想工作会议上的讲话》,《人民日报》1994 年 3 月 7 日。
② 胡锦涛:《在中国文联第九次全国代表大会、中国作协第八次全国代表大会上的讲话》,《人民日报》2011 年 11 月 23 日。

在这一时期的文艺作品中，既有激动人心的社会主义现代化建设的辉煌场景，又有中国人民默默无闻而又步履不停的求索身影，如徐迟的报告文学《哥德巴赫猜想》，就以一滴水反映整个太阳光辉的方式告诉人们，科学的春天是怎样来到中国又是怎样普照中国大地的。这一时期的文艺作品，不仅以热情饱满的笔触展现中国人民迎接新生活、创造新生活的豪情，而且以恢弘壮阔的画面再现了成立中华人民共和国的苦难辉煌历程，如中国人民解放军八一电影制片厂推出的电影《大决战》（三部六集），全景地展示了那场决定中国命运的伟大决战，告诉人们中华人民共和国来自何处，又将走向何方。这一时期的文艺作品，既热情满怀地讴歌集体事业，歌颂集体主义精神，又情真意切地关注"平凡的世界"中的普通劳动者，讲述平凡的人物并不平凡的故事和精神，鼓舞全体中国人同心共情、携手并肩、勉力向前。更为重要的是，这一时期的文艺作品以多种多样的形式立体地展示了中国人民日益舒展的生活、舒畅的心情、舒心的日子，比如，一听到歌曲《在希望的田野上》《春天的故事》《走进新时代》，我们就充满憧憬和力量，感受到时代旋律的交响。

在"春天"的美妙旋律中，中国走进新时代。

三、开启伟大复兴的文艺新征程

中国共产党是世界上最重视文艺工作的政党。习近平同志尤其重视文艺工作。党的十八大以来，习近平同志站在坚持和发展中国特色社会主义、实现中华民族伟大复兴的中国梦的全局和战略高度，亲自谋划、部署、指导推动新时代文艺工作。2014年亲自主持召开文艺工作座谈会，2016年出席中国文联十大、中国作协九大开幕式，2019年看望参加全国政协十三届二次会议的文化艺术界、社会科学界委员，2020年出席教育文化卫生体育领域专家代表座谈会，2021年出席中国文联十一大、中国作协十大开幕式，都发表了重要讲话；2017年在党的十九大报告中，首次把"繁荣发展社会主义文艺"作为标题性段落加以阐述。习近平同志2017年给乌兰牧骑队员回信，2018年给电影表演艺术家牛犇写信、给中央美院老教授回信，2019年致信祝贺中国文联、中国作协成立70周年，2020年给中国戏曲学院师生回信，2021年给中国国家话剧院艺术家回信，还针对文艺界相关艺术门类存在的问题作出许多重要指示批示。

习近平同志关于文艺工作的重要论述，继承和发展了马克思主义文艺观，实现了马克思主义文艺理论新飞跃，开辟了中国特色社会主义文艺理论新境界，是新时代中国特色社会主义思想的有机组成，是指导新时代文艺发展的定盘星和指南针，是开创新时代文艺工作最新最权威的教科书，为繁荣发展新时代文艺指明了方向。

习近平同志重视文艺工作，是基于对党情国情世情的深入思考，基于对人类历史处于百年来未有之大变局的深刻洞察，基于对中国特色社会主义进入新时代这个历史方位的科学锚定。党的十八大召开后不久，习近平同志在参观"复兴之路"展览时就提出实现中华民族伟大复兴是中华民族近代以来最伟大的梦想。党的十九大报告更是明确提出中国特色社会主义进入新时代。进入中国特色社会主义新时代，我国社会主要矛盾已经转化为人民日益增长的美好生活需要和不平衡不充分的发展之间的矛盾，中国人民的总任务是实现社会主义现代化和中华民族伟大复兴，在全面建成小康社会的基础上，分两步走，在本世纪中叶建成富强民主文明和谐美丽的社会主义现代化强国。

正是在这一新的历史方位中，文化工作的重要性得到空前凸显。党的十八大以来，习近平同志屡屡强调文化工作的极端重要性。2012年11月15日履新当天，会见中外记者时，习近平同志就谈到文化问题，谈到中国人民在漫长的历史进程中培育了历久弥新的优秀文化。此后，文化问题，特别是文化自信问题就成为习近平同志论述中的关键词。2016年7月1日，在庆祝中国共产党成立95周年大会上的讲话中，习近平同志更是创造性地拓展了党的十八大提出的中国特色社会主义"三个自信",将文化自信与道路自信、理论自信、制度自信一起纳入"四个自信",并强调文化自信"是更基础、更广泛、更深厚的自信"①。习近平同志还对中国特色社会主义文化的三大来源进行系统梳理,指出:"中国特色社会主义文化,源自于中华民族五千多年文明历史所孕育的中华优秀传统文化,熔铸于党领导人民在革命、建设、改革中创造的革命文化和社会主义先进文化,植根于中国特色社会主义伟大实践。"②这一理论创新不仅提高了文化在新时代中国特色社会主义事业中的地位,强调了文化自信在"四个自信"中的基础作用,而且凸显了中国特色社会主义的文化根基、文化本质和文化理想。

特别发人深思的是,以习近平同志为核心的党中央高度重视传承弘扬中华优秀传统文化。习近平同志举旗定向,亲自谋划、指导、推动中华优秀传统文化传承发展,鲜明提出"坚持把马克思主义基本原理同中国具体实际相结合、同中华优秀传统文化相结合"③,科学阐释中华优秀传统文化的内涵、基因和特质,辩证揭示中华优

---

① 习近平:《不忘初心,继续前进》,载《习近平谈治国理政》第二卷,外文出版社2017年版,第36页。

② 习近平:《决胜全面建成小康社会,夺取新时代中国特色社会主义伟大胜利》,载《习近平谈治国理政》第三卷,外文出版社2020年版,第32页。

③ 习近平:《在庆祝中国共产党成立100周年大会上的讲话》,《求是》2021年第14期。

秀传统文化与当代文化、与世界文化之间的关系，精辟阐述中华优秀传统文化对坚持和发展中国特色社会主义、加强社会主义核心价值观建设、推进治国理政等基础、根基、血脉、源泉作用和不可或缺的借鉴、滋养、启迪意义，阐述中华优秀传统文化在构建中华民族共有精神家园、构建人类命运共同体当中的纽带作用、认同功能，阐述传承发展中华优秀传统文化必须坚持的方针原则和目标任务，突出强调坚守中华文化立场、推动中华优秀传统文化创造性转化、创新性发展的时代使命和责任担当，明确要求深入挖掘阐发传统文化精髓、构建中国文化基因理念体系、提炼展示中华文明精神标识，使中华民族最基本的文化基因与当代文化相适应、与现代社会相协调，把跨越时空、超越国界、富有永恒魅力、具有当代价值的文化精神弘扬起来。习近平同志系列重要论述，把我们对中华优秀传统文化地位作用的认识提升到了一个新高度，推动中华优秀传统文化的创造性转化、创新性发展迎来变革性实践，取得突破性进展、标志性成就，使中华文脉在赓续传承中弘扬光大，彰显出强大的生命力、凝聚力、影响力，增强了中国人民内心深处的自信自豪。

正是对文化在中国特色社会主义新时代的理论升级，使文化自信和文艺创作的关系问题成了新时代必须思考的重要理论命题。文化是一个民族的根和魂，关系着民族的生死和未来，必然为文艺提供丰厚滋养和长足动力，决定着文艺作品的生命力。但在看到文化对于文艺的滋育功能时，也要看到文艺对于文化能动的反作用，看到优秀文艺作品是文化最可靠的来源，看到正是一代代文艺名家创作的优秀文艺作品丰富丰满着中华民族的文化宝库，形成悠悠文脉，维系着中华民族共同体。文艺还是决定文化质量的重要手段。如果一个国家能够持续不断地创作出大量优秀文艺作品，那么这个国家的文化质量必然会持续提升，成为文化大国、文化强国、文化名国，反之亦然。中华民族之所以百折不挠，历千难万险而屡获新生，正开启全面建设社会主义现代化国家新征程，一个重要的原因就是无数文艺家以笔为旗，动心用情，创作了大量优秀文艺作品，照亮了民族前行的路。

正是在这样的辩证关系中，习近平同志对文艺工作的殷切期望得以彰显，新时代文艺工作的使命要求得以彰显，那就是希望广大文艺工作者能够敏锐地意识到世界历史的大变革，清晰地认识到新时代的历史方位，感国运之变化、立时代之潮头、发时代之先声，为亿万人民、为伟大祖国歌与呼，用创作汇聚起澎湃的中国力量，推动社会主义现代化建设事业发展，实现中华民族伟大复兴的中国梦。

与历史上相比，我们面临的任务更艰巨、挑战更艰难。今天，我们面对的是世界局势，是全球变化。我们的文艺工作不仅要面对国内需要和挑战，还要面对国际需要和挑战。因为从来没有一个时代像我们这个时代一样，全球交往如此发达，"世界文学"好像就在眼前，但也从来没有一个时代像今天一样，全球交流变得如此困难。正因为如此，习近平同志在"北京讲话"中才开宗明义，提出自己是在世界发展大势中，在中华民族伟大复兴战略格局中审视文艺工作。只有在这样宏阔的理论视野中，文艺的作用、文化的作用才洞若观火、历历分明："没有中华文化繁荣兴盛，就没有中华民族伟大复兴。"[①]

这首先涉及文化领导权问题。这是马克思主义思想史上的一个重要理论命题，这一命题提醒我们，与经济、政治、军事等领域的竞争不同，文化领导权之争是一场更为长期而艰巨的竞争，其开展方式往往隐而不彰，其后果也往往潜滋暗长、影响深远，因而是一个民族、一个国家、一个社会长治久安须臾不可忽视的重要领域。这也提醒我们，中国虽然已经取得了社会主义革命的胜利，经过社会主义建设、改革和发展进入中国特色社会主义新时代，但文化领导权之争不仅并未因此而结束，毋宁说变得更激烈，形势也更严峻了。这主要体现在两个方面：一是西方敌对势力对我们的意识形态包围、渗透和颠覆从未停止，而且，与经贸、科技等领域的斗争结合在一起，愈演愈烈。二是中国特色社会主义事业取得了巨大成绩，

[①] 习近平：《在文艺工作座谈会上的讲话》，载中共中央宣传部编《习近平总书记在文艺工作座谈会上的重要讲话学习读本》，学习出版社2015年版，第5—6页。

但我们也面临着发展不平衡不充分、人民群众需求日渐提高、诉求日益多元等问题，面临着拜金主义、享乐主义、极端个人主义和历史虚无主义等错误思潮冲击等问题。在文化领导权竞争中，文艺的作用不可或缺。当一个民族、国家的文艺能量充沛、深入人心时，党对这个民族、国家的文化领导权必然稳固，反之亦然。正因为如此，在"北京讲话"中，习近平同志才一再强调中国精神，强调文化自觉，强调文化自信，并对文艺领域存在的"'以洋为尊'、'以洋为美'、'唯洋是从'"的问题，对"热衷于'去思想化'、'去价值化'、'去历史化'、'去中国化'、'去主流化'"的问题，对"套用西方理论来剪裁中国人的审美"的问题提出警示。[①] 因为我们今天穿行的是历史峡谷般的百年变局，异常复杂峻急的全球结构，在这样的全球结构和价值空间中，所可能遇到的湍流逆浪、暗礁险滩，不是更少而是更多了，爬坡过坎、实现全面建设社会主义现代化国家所要承受的压力和挑战，不是更小而是更大了。为此，需要广大文艺工作者凝神潜心，创作大量优秀文艺作品，讲好中国故事，提升文化软实力，为社会主义现代化建设强基固本。

这还涉及人类文明交流问题。中国共产党是秉承、发展马克思

[①] 习近平：《在文艺工作座谈会上的讲话》，载中共中央宣传部编《习近平总书记在文艺工作座谈会上的重要讲话学习读本》，学习出版社2015年版，第28、32页。

主义的先进政党,不仅承担着为中国人民谋幸福、为中华民族谋复兴的重任,还承担着为人类进步事业奋斗、为人类文明发展奋斗、为建设人类共同价值奋斗的重任。为此,中国不但一再呼吁世界各国同心协力,构建人类命运共同体,而且以自己具体生动的实践,为人类命运共同体建设提供中国经验。因而,以生动的笔触描述中国丰富多彩的实践,特别是当代实践,以中国故事参与世界文明叙事,推动世界文明交流,促进世界文明互鉴,克服文明冲突,文艺具有得天独厚的优势。正因为如此,在"北京讲话"中,习近平同志才称文艺是"世界语言",才语重心长地提醒广大文艺工作者,国际社会对中国的关注度越来越高,世界人民想了解中国、认识中国,这一需求十分巨大,光靠正规的新闻发布、官方介绍,靠外国民众来中国亲身感受远远无法满足,"而文艺是最好的交流方式,在这方面可以发挥不可替代的作用,一部小说,一篇散文,一首诗,一幅画,一张照片,一部电影,一部电视剧,一曲音乐,都能给外国人了解中国提供一个独特的视角,都能以各自的魅力去吸引人、感染人、打动人"。[1] 由此可见,他对这个问题是多么的关心。

　　当然,这更涉及中国人民对美好生活的需要。正如党的十九大

---

[1] 习近平:《在文艺工作座谈会上的讲话》,载中共中央宣传部编《习近平总书记在文艺工作座谈会上的重要讲话学习读本》,学习出版社 2015 年版,第 9、16、17 页。

报告指出的,经历长期奋斗,我国总体实现小康,基本满足人民群众生活需要,但随着中国特色社会主义新时代各项事业全面开启,人民美好生活需要日益广泛,解决这些问题,必须在继续推动发展的基础上,着力解决好发展不平衡不充分问题,大力提升发展质量和效益。这不仅在宏观上对文艺工作提出了"提升发展质量"的要求,而且也切中了文艺领域的内在问题:经历新时期以来的调整,我国在文艺创作、生产等方面取得了极大成绩,特别是数量方面更是取得了长足进展,跟改革开放初期供应不足的情况相比,有霄壤之别,但随着数量激增,一个问题也凸显出来,那就是文艺作品、产品质量相对不高,优秀文艺作品数量较少,更有甚者,存在严重问题,"有的调侃崇高、扭曲经典、颠覆历史,丑化人民群众和英雄人物;有的是非不分、善恶不辨、以丑为美,过度渲染社会阴暗面;有的搜奇猎艳、一味媚俗、低级趣味,把作品当作追逐利益的'摇钱树',当作感官刺激的'摇头丸';有的胡编乱写、粗制滥造、牵强附会,制造了一些文化'垃圾';有的追求奢华、过度包装、炫富摆阔,形式大于内容;还有的热衷于所谓'为艺术而艺术',只写一己悲欢、杯水风波,脱离大众、脱离现实"[1]。

---

[1] 习近平:《在文艺工作座谈会上的讲话》,载中共中央宣传部编《习近平总书记在文艺工作座谈会上的重要讲话学习读本》,学习出版社 2015 年版,第 10 页。

文艺尤其重视质量，一部优秀文艺作品的影响力胜过千万部一般的作品。正因为如此，在"北京讲话"中，习近平同志才直言在文艺创作方面"存在着有数量缺质量、有'高原'缺'高峰'的现象，存在着抄袭模仿、千篇一律的问题，存在着机械化生产、快餐式消费的问题"[1]。而这又与社会上道德失序、文化失衡、文明失意等现象密切相关，容不得半点忽视。正因为如此，习近平同志才格外重视文艺作品质量问题，直言"推动文艺繁荣发展，最根本的是要创作生产出无愧于我们这个伟大民族、伟大时代的优秀作品"，要求"把创作生产优秀文艺作品作为文艺工作的中心环节"，劝诫广大文艺工作者以创作为中心任务、以作品为立身之本，"要静下心来、精益求精搞创作，把最好的精神食粮奉献给人民"。[2]

这一切都归结到一个问题上：创作无愧于时代的优秀作品！习近平同志关于文艺工作的系列重要论述，特别是"北京讲话"，是一个有机整体，总体看，贯穿其中的一个重要主题就是创作优秀文艺作品问题，即指引广大文艺工作者在中国特色社会主义新时代创作出越来越多的优秀文艺作品，为实现中华民族伟大复兴这一艰难

---

[1] 习近平：《在文艺工作座谈会上的讲话》，载中共中央宣传部编《习近平总书记在文艺工作座谈会上的重要讲话学习读本》，学习出版社2015年版，第10页。
[2] 习近平：《在文艺工作座谈会上的讲话》，载中共中央宣传部编《习近平总书记在文艺工作座谈会上的重要讲话学习读本》，学习出版社2015年版，第8页。

而壮丽的事业注入强劲的精神动力与情感能量。如果将习近平同志关于文艺工作的系列重要论述置于党和国家文艺政策发展史中进行考察，就会发现习近平同志对创作优秀文艺作品问题是何等的重视，是他首次将创作优秀文艺作品问题提到战略高度予以强调。"北京讲话"单列一部分，拿出五分之一的篇幅专门讨论这个问题，从文章格局上看，在党和国家领导人关于文艺工作的重要论述中，这是第一次。他还一以贯之地关注这个问题，一再强调这个问题。习近平同志对优秀文艺作品的评价尺度、优秀文艺作品的作用、影响优秀文艺作品创作的主要问题等进行了系统论述，思考之深，可谓空前。在历次文艺工作讲话中，习近平同志总是晓之以理、动之以情，劝勉广大文艺工作者全心全意创作优秀文艺作品，可谓苦口婆心、自成体系，其中深意，发人深思。

实际上，这是马克思主义文艺理论中国化的内在逻辑使然。优秀文艺作品是马克思主义文艺理论中的一个核心命题，也是社会主义文艺发展中必须直面的关键问题。从文艺在人类历史中的作用出发，马克思、恩格斯等经典作家始终高度重视文艺作品质量，总是从美学的和历史的高度出发讨论文艺问题，总是希望无产阶级能够诞生自己的但丁。与他们一样，毛泽东、邓小平等党和国家领导人也十分重视文艺作品质量，但由于中国独特的国情和特殊的历史原因，具体来说就是，在革命时期，进步文艺是在一穷二白、一无所有的战争环境中发展的，始终面临着经济、政治等因素的制约，因而毛泽东同志在思考文艺问题时，首先关注的必然是普及问题，是文艺如何进入人民群众现实生活世界的问题。正因为这样，他才创造性地解决了马克思主义基本原理与中国革命实际结合的难题。与毛泽东同志一脉相承，邓小平同志在新时期领导、指导文艺政策调整时，首先考虑的是如何拓展人民文艺的内涵问题，是如何丰富发展人民文艺的问题，是解决人民群众精神食粮匮乏的问题。也正因为这样，他才能够解决新中国成立后困扰文艺工作的老大难问题，解放、发展了文艺生产力，有效地解决了人民群众对文艺的需求问题。在这个脉络中观察，习近平同志高度重视创作优秀文艺作品问题的理论价值就凸显出来：这既是对新时期以来我国文艺发展现状进行科学研判的结果，即发现文艺作品质量已成为制约新时代文艺工作的核心问题后作出的针对性部署，同时这也是对马克思主义文艺理论中国化历程进行重新定位的结果，即经历了革命、建设、改革阶段，在中国化的马克思主义文艺理论指导下，我国文艺工作已解决了助推中国革命、改革开放的任务，到了提质升级，助力社会主义现代化国家建设的新阶段，因而作品质量就成为这一理论的核心问题。正是在这个意义上，我们说习近平同志关于文艺工作的系列重要论述是马克思主义中国化历程中第三次理论飞跃在文艺领域的具体体现。

结　语

党的十八大以来，特别是习近平同志"北京讲话"发表以来，广大文艺工作者与党同心同德、与人民同向同行，围绕着中华民族伟大复兴的中国梦，围绕着满足人民过上美好生活的期待，围绕着建设社会主义现代化国家的新征程，瞩目时代发展的生动图景，倾听时代发展的坚定足音，把握时代发展的活跃脉搏，在文艺创作、文艺活动、文艺惠民等方面作出了积极贡献、取得丰硕成果。特别是围绕着庆祝中国共产党成立100周年等党和国家重大活动，围绕着决战脱贫攻坚、决胜全面建成小康社会等重大主题，围绕着抗击新冠肺炎疫情等重大风险挑战等，倾情投入、用心创作，推出大量优秀作品，开展系列文艺活动，发挥了聚人心、暖民心、强信心的作用。更令人高兴的是，出现了电视剧《北平无战事》《山海情》《觉醒年代》、歌曲《不忘初心》、舞剧《永不消逝的电波》《孔子》、电影《流浪地球》《长津湖》《我和我的祖国》、舞蹈诗剧《只此青绿》等既获得专家好评又得到广大观众喜爱，持续引发轰动效应的精品力作，显示了社会主义文艺的强大魅力与强劲生命力。舞剧《永不消逝的电波》和电视剧《觉醒年代》，让我们重温信仰的力量、理想的魅力，使之果真如"电波"一样，跨越遥远的时空，逶迤而来，再次跃动在中国大地上，并永远传续下去。电视剧《山海情》让我们看到中国人民对美好生活的追求是多么的坚韧不拔，让我们看到为了实现这一目标中国共产党带领中国人民付出了多么艰辛的努力乃至牺牲，让我们看到中国社会各阶层代表，从党员干部到知识分子，再到每一位普通劳动者，在这个改造中国、改造社会，也改造自己的实践中是多么的美丽，其形象令人泪目。舞蹈诗剧《只此青绿》则在对中华优秀传统文化的创造性转化中再现了中国人民追求文明对话，创造情感共同体、命运共同体的诗意历程，在美轮美奂的舞蹈动作中让我们体验文化之美、中国之美。更震撼的是，举全国文艺界之力创作的大型情景史诗《伟大征程》，以空前强大的气魄、空前开阔的时空、空前绚丽的方式，回顾了中国共产党成立一百年以来团结带领全国各族人民建立新中国、奋斗新时期、开启新征程的壮阔历程，展示了中国共产党团结带领全国各族人民开辟新道路、建设新生活、创造新文明的非凡业绩，振奋了全党精神，鼓舞了全国人民信心，向世界展示了中国共产党的光辉形象、中国人民的美丽姿容、中国精神的开放包容，是中国特色社会主义新时代最重大的文艺收获。

尽管已经取得了以上成绩，我们也应该清醒地意识到，跟中国特色社会主义新时代对文艺工作提出的新使命要求相比，我们的文艺工作还存在一些问题，主要是精品力作数量还是较少，没有建立起稳定的优秀文艺作品创作、生产机制，还未形成优秀文艺作品竞相进流的局面,文化自觉意识需要继续提升,文化强国建设依然任重道远。为此,广大文艺工作者仍需认真学习毛泽东同志"延安讲话"精神,认真学习习近平同志关于文艺工作的系列重要论述精神,不忘初心、牢记使命,用心感悟、用情创作,尽快推动形成优秀文艺作品涌流的新局面,铸就新时代文艺高峰,为全面建设社会主义现代化国家、实现中华民族伟大复兴的中国梦作出新的更大贡献。

祝东力、喻静参与讨论修改

2022年5月10日定稿